DAIMON JUNTO À PORTA

NELSON REGO

DAIMON JUNTO À PORTA

PORTO ALEGRE
2011

Copyright © 2011 Nelson Rego

Preparação e revisão
Rodrigo Rosp

Capa e projeto gráfico
Humberto Nunes

Foto da capa e do autor
Irene Santos

Dados Internacionais de Catalogação na Publicação (CIP)

R343d   Rego, Nelson
           Daimon junto à porta/ Nelson Rego. – Porto Alegre : Dublinense, 2011.
           128 p. ; 21 cm.

           ISBN: 978-85-62757-29-7

           1. Literatura Brasileira. 2. Contos Brasileiros. I. Título.

                                           CDD 869.937

Catalogação na fonte: Ginamara Lima Jacques Pinto (CRB 10/1204)

Todos os direitos desta edição
reservados à Editora Dublinense Ltda.

Av. Taquara, 98/504
Petrópolis – Porto Alegre – RS

contato@dublinense.com.br

ÍNDICE

7	PLATERO E O MAR
23	RECITAL DOS MORTOS
43	É PESADO ESSE BALDE, CHICA
51	2.222 CISNES BRINCANDO DE LOCOMOTIVA E VAGÕES
55	A TECELAGEM DO MAL
65	NA VERDADE É ISSO AÍ, Ó
83	NIHIL
91	PERMANECENDO
95	A BOCA DO JARRO
113	UM PEDACINHO DO TEMPO DIANTE DOS OLHOS

PLATERO E O MAR

1.
Num fim de tarde de verão, após dias sendo assediada por um grupo de meninos de onze e doze anos, Inocência cedeu a seus pedidos e ficou nua na extremidade recôndita da praia.

Dias antes, quando a arquiteta, acompanhada pelos meninos, lhe fez o convite para passar algum tempo no chalé, Inocência captou uma intenção oculta, algo que pressentiu nos sorrisos, quase risadinhas, do grupo. Aceitou o convite, deliciando-se com a artimanha que estaria reservada para ela e contra a qual fingiria resistência.

Inocência contou seu pressentimento para mim e Lara. Na noite que antecedeu sua ida, caminhamos pela areia, conjecturando sobre os acontecimentos que se sucederiam para Inocência, lá, onde ficava o chalé da arquiteta, na outra extremidade da praia em que estávamos. Que travessuras e sentimentos Inocência contaria para mim e Lara em seu retorno?

2.
Naquele verão, a pintora e escultora nos hospedava em seu sobrado e ateliê na praia.

Parecia-me misteriosa e semelhante às cores que vestem as flores uma nuance do brinquedo entre o prazer e o recato. Lara e Inocência mostravam-se nuas para o olhar da artista e seus convidados, às vezes eram desenhadas amando-se, ou me amando, em gestos vagarosos. Porém, ao descerem para a praia, seus biquínis eram dos menos reveladores entre os usados pelas tantas moças e meninas passantes pela areia.

A artista tinha seus amigos no balneário, que se tornaram nossos conhecidos. Entre eles, estava a arquiteta. Seu filho de doze anos e quatro amigos mostravam-se atraídos por Lara e Inocência. Gostariam de assistir às sessões de desenho, mas isso não lhes era permitido.

Os meninos iam ao mar com Lara e Inocência. Jogavam com elas o praiano tênis de bolinha de borracha e raquetes de madeira, ou ficavam sentados à sua volta, conversando com elas seus assuntos de meninos.

A arquiteta fez o convite num fim de tarde, rodeada pelos cinco meninos e por suas risadinhas.

Até onde iria, na outra extremidade da praia, o pacto de malícia entre a arquiteta e os meninos? Eu, Inocência e Lara nos formulamos essa pergunta na noite que precedeu a manhã em que Inocência, na poltrona dianteira da caminhonete dirigida pela arquiteta, com os meninos no banco de trás, foi.

3.

Após o meio-dia, jogando cartas no chão de madeira da sala, Inocência pensava em como o convite dirigido exclusivamente a ela parecia ter por objetivo isolá-la de mim e Lara, para com mais facilidade desfechar o cerco. Restava a Inocência esperar pelos próximos lances.

Usava seu vestido de tecido leve e branco, um pouco acima dos joelhos. Podia sentir, como um formigamento, o olhar dos meninos em seu decote discreto, quando ela se curvava para apanhar uma carta no centro do círculo por ela e eles formado sobre o chão. Quase podia visualizar, como bolhas de sabão suspensas no ar, uns pequeninos suspiros que os meninos soltavam. Esses suspiros engordavam quando os movimentos de Inocência eram os de modificar os modos de se sentar sobre as próprias pernas cruzadas, e a bainha do vestido deslizava em direção às virilhas. Os dois meninos sentados à frente chegariam a entrever sua calcinha?

O sol forte do início da tarde passou, chegando a hora em que eles poderiam ir à praia. Inocência foi ao seu quarto trocar de roupa. Quando apareceu junto à porta do alpendre, foi como se aquela fosse a primeira vez que os meninos a vissem de biquíni. Ela foi envolvida por exclamações, sorrisos e olhares que percorreram as curvas de seus quadris e as linhas do corpo. Detinham-se, os olhares, sobre o tecido lilás estampado com florezinhas. Inocência bem sabia como o tecido, ao encobrir apenas um pouco, intensificava o prazer da visão de quase todo o corpo desnudo. Ela riu, perguntou se estavam malucos, parecia até que nunca a tinham visto assim, nem que a praia estava cheia de moças e meninas do mesmo jeito (mais ao longe, na direção do centro). Não conseguiu decifrar resposta alguma no meio da algazarra de risadas. Apenas entendeu o gesto feito com o braço pela arquiteta, chamando todos para a praia.

Inocência desceu os degraus sabedora de que o motivo da algazarra estava no fato de que eles a tinham ali, na armadilha, com os próximos dias pela frente. Inocência desceu os degraus fingindo-se de perplexa, cercada por risadinhas e por "uau!", e "oh!", e "ah!", e "ai, meu Deus!".

Eles queriam entrar logo no mar, mas Inocência resolveu ficar sentada sobre a toalha na areia, adiando e torturando a impaciência deles em vê-la molhada e com o tecido, mais próximo da transparência, colado ao corpo. Indecisos sobre o que fazer, os meninos foram se refrescar no mar. Inocência ficou na areia entretida em conversas com a arquiteta. Outros assuntos que não o desenrolar da cilada, as duas fingindo não saber que o sorriso era por aquilo.

Inocência conversava, mas pensava em outra coisa. A arquiteta pelo jeito também, pois a conversa foi diminuindo. Restou o silêncio sonoro do oceano, um pouco de vento, o murmúrio dos poucos vizinhos pela praia, nem próximos, nem distantes.

Inocência perguntava-se pelos motivos da paixão sentida pelos meninos. Não seria por ela ser excepcionalmente tesuda, pois isso não corresponderia à realidade – ao menos, não corresponderia ao padrão dos corpos com grandes bundas e seios, consagrados pelas revistas masculinas e alguns programas de tevê. Ainda que de corpo firme pela ginástica e seus vinte e três anos, mais para magra do que para forte, não enxergava em si maiores semelhanças com esses outros corpos.

Pensava no modo como gostava de si mesma, no tempo que passava na frente do espelho. Apreciava o cabelo castanho-escuro desenhando sinuosidades sobre a pele clara, seus olhos castanho-claros admiravam o próprio brilho.

Sentada na areia, ela pensava em mim e Lara. Antecipava o prazer do reencontro, quando nos contaria sobre o desenrolar do jogo e a alegria das infinitesimais percepções que lhe ocorriam. Admirava o grande sol vermelho em seu desaparecer lento no horizonte.

4.

Eu concentrava minha atenção no reflexo do poente nas vidraças. Adiava o momento em que soltaria o jato no céu feito de seda na boca de minha amada. Lara chupava devagar, olhos fechados, eu acariciava seus cabelos de leve. Sentia meu ventre aquecido pela carícia de sua respiração cadenciada. Um rodopio de imagens de Inocência e Lara misturava-se à quentura. Recitava em silêncio os nomes amados, Inocência, Lara, Inocência, Lara, ondulação que viajava de minha mente para o espaço além das vidraças.

Às vezes, olhava para o olhar da artista percorrendo a linha sinuosa do corpo de Lara e para a imagem de nós dois a tornar-se volume, luz e sombra sobre o cavalete.

Recordava a conversa com Inocência e Lara sobre nos sabermos espalhados no mundo por esculturas, pinturas, desenhos e croquis; memórias de nós três para além da breve reunião de átomos em corpos jovens.

O olhar da pintora acelerava meu prazer, voltava a concentrar a atenção no último brilho do sol nas vidraças, adiava o jato. Pensava em Inocência, o que estaria fazendo minha querida, lá, na outra extremidade da praia?

5.

À noite, Inocência percebeu que a arquiteta apresentava uma mistura de carinho maternal e erotismo difuso. Manifestara-se no modo caprichoso como lhe preparou o jantar, no cuidado de perguntar se sopa de legumes, salada com cogumelos e suco de laranja seriam de seu agrado. Manifestava-se essa ternura no modo como se quedara a alisar e entremear os dedos nos cabelos de Inocência, que, após o jantar, deitada no sofá, a cabeça repousada sobre a coxa da arquiteta, quase adormecia.

Não falavam, escutavam o murmúrio do mar. Inocência observava, através das frestas das pálpebras, as estrelas além da vidraça. Ouvia a conversa dos meninos no canto da sala, em tom baixo, jogando cartas. Vislumbrava, com o canto do olho, que eles mal prestavam atenção nas cartas, olhando a todo momento em sua direção. Adormecia, narcotizada pelo cafuné da arquiteta. Discernia, mesmo assim, quase apagada sua consciência, que o olhar dos meninos fixava-se em seus joelhos, ela sentia ali uma comichão, que subia meio palmo pelas pernas, até onde estavam descobertas pelo vestido. Sentia esses olhares e pensava nisso – olhavam como se poucas horas antes não houvessem visto mais, com ela quase nua à sua frente, coberta apenas pelo biquíni molhado e aderente ao corpo.

Depois, a anfitriã levou num abraço a sonolenta até a porta do quarto. Despediu-se de Inocência com um beijo de boa-noite na testa.

6.
No dia seguinte, uma moça desnudou os seios. Isso às vezes acontecia na extremidade pouco frequentada da praia.

Foi a faísca no pavio ligado aos barris de pólvora que os meninos precisavam. Vieram ligeiros do mar, até onde Inocência estava, sentada na areia, cercando-a, esparramando-se em torno dela, perguntando-lhe se não faria o mesmo.

Perguntavam e tornavam a perguntar, em voz alta, engasgados em risos, abafando a resposta negativa como se a algazarra pudesse converter o não em sim.

Inocência foi para o mar. No meio das ondas, o cerco continuou. "Por que não, Inocência, hein?". Ela respondeu, tentando fingir seriedade, que achava deselegante a apresentação do corpo com apenas uma porção colorida de tecido, um pouco abaixo da cintura – duas áreas coloridas equilibravam melhor a apresentação. A resposta deixou os meninos embaralhados, mas só por uns instantes, logo um deles encontrou a maneira de voltar ao ataque. "Então, por que não tira tudo?". Os outros concordaram num uníssono de vozes altas e risos. Rogaram que ela se desnudasse das duas partes, pois, segundo a lógica por ela mesma expressa, ficaria a apresentação do corpo equilibrada não por duas áreas coloridas, mas por nenhuma. Inocência respondeu que não, não e não, eles insistiram que sim, sim e sim e quiseram saber o porquê do não. Inocência respondeu que ninguém ficava pelado por inteiro na praia. Eles replicaram garantindo-lhe que, de vez em quando, algumas das moças que faziam topless ficavam por completo nuas, quando havia pouca gente na praia, nos fins das tardes (Inocência sabia que era mentira). Ela disse que não gostaria de se expor desse jeito e que, se eles bem observassem, veriam que o seu biquíni não chegava a ser diminuto. Eles quiseram saber o motivo de tanto recato, e que ela explicasse a contradição entre posar nua e se recusar a atender ao pedido, sem desnudar-se nem ao menos da parte superior do biquíni. Inocência tentou explicar que uma coisa era uma coisa e que outra coisa era outra coisa, mas, cercada de vozes e risos, ela própria rindo, não conseguiu explicar isso com clareza.

O sol foi embora, eles permaneciam no mar. Os meninos pedindo que sim. Ela, firme na recusa.

7.
À noite, percebeu uns cochichos entre a arquiteta e os meninos, risadinhas furtivas, perfume de conspiração no ar.

Convidaram-na para ir ao núcleo urbano do balneário. Tomaram sorvete, percorreram as lojas de artigos de praia, abertas em varandas para a rua, seus artesanatos de vime espalhados sobre as calçadas.

Dentro de uma loja, distraída com a delicadeza dos artesanatos, Inocência percebeu que os meninos haviam sumido. Ao seu lado, a arquiteta exalava o perfume conspiratório. Os meninos reapareceram com dois pequenos embrulhos em papel colorido. Disseram-lhe para abrir os presentes apenas quando voltassem para o chalé.

Eram dois biquínis – minúsculos. Um todo branco e de um tecido finíssimo, ela anteviu a transparência que deveria adquirir quando molhado. Outro em tons castanhos (combinaria com seus cabelos), feito de duas sumárias peças em crochê delicado. A transparência estaria garantida antes mesmo da entrada na água, pelos próprios furinhos da tessitura em crochê.

Olhando seus presentes sobre a mesa da sala, rodeada pela arquiteta e os cinco meninos, Inocência sentiu os cabelinhos de sua pele arrepiando-se. Tentou fingir ainda resistência diante da pergunta dos meninos, se usaria os biquínis: "Não sei... vou pensar". Mas foi engolfada pelos protestos e pela imposição das vozes. Decidiram por ela, usaria no dia seguinte um dos biquínis. Poderia escolher qual.

8.
Amanheceu chuvoso e assim transcorreu o dia e os dois seguintes. Mesmo com chuva e vento, os meninos lhe convidaram uma dúzia de vezes para ir à praia. Inocência se fez de rogada e pôs-se a ler, reler as breves prosas de Juan Jiménez no *Platero e eu*. Parabenizava-se pela espera lenta que impunha aos meninos, embora também se

agoniasse com o tempo chuvoso que adiava sem previsão o reinício do jogo.

Ela exerceu naqueles dias de chuva seu híbrido de afeição pelo brinquedo e maravilhamento pelos labirintos da família universal: intensificou seus laços com os meninos.

Eles se interessaram pelos escritos de Jiménez. Ela leu alguns trechos para as suas escutas atentas e semblantes, primeiro, circunspectos, depois, algo pasmos e mesmo um pouco indignados, porque ela dava atenção para aquele livrinho chato e não para eles. "Qual é a desse cara, Inocência? O livro todo é assim? Só falando de um burrinho e de coisa nenhuma? Não acontece nada?". Inocência amou fazê-los sossegarem e prestarem atenção de novo nos mesmos trechos, e mais alguns e outros tantos, observar os cinco semblantes atentos a compreenderem aos poucos que um poeta e seu amigo jumento contemplando o pôr do sol era muita coisa acontecendo.

Voltou a jogar cartas no chão de madeira da sala. Conversaram sobre escola e estudos preferidos de cada um, seus planos de futuro. Conversaram sobre o surfe nas grandes ondas do Havaí. E sobre o Big Bang e as especulações sobre o destino do universo. Conversaram fazendo um caos de estrelas, buracos negros, quasares e galáxias, misturando tudo com tudo, os meninos fazendo perguntas para Inocência e a arquiteta, que desses assuntos também sabia alguma coisa.

No decorrer dos dias chuvosos, Inocência passou a contornar os ombros dos meninos com seu abraço, e eles, a sua cintura. Quando os meninos cingiam seu corpo, seus toques vinham carregados de eletricidade sexual. Inocência podia sentir isso no modo como as mãos exerciam uma suave, mas incisiva, pressão em seus quadris e tateavam, sobre o vestido leve, as porções superiores de suas nádegas. Quando Inocência contornava seus ombros, procurava transmitir no toque um outro sentido, mais fraterno. As respostas ela sentiu em sua cintura, as mãos dos meninos manifestaram mudanças sutis no modo de tocar. Sem descartar o sexo, ela julgou perceber a ampliação do afeto.

Veio enfim a manhã sem chuva, o céu ainda nublado, um pouco de frio. Os meninos não insistiram com banhos de mar, pareciam absorvidos em algo. Passearam pela praia, o vento balançava o vestido de Inocência, algum dos meninos de mão dada com ela. Assim foi aquele dia e o seguinte.

Depois, voltaram o sol e o calor.

9.
Inocência escolheu o biquíni da branca transparência. O outro, mais revelador, deixaria para o dia seguinte. Ela admirava o corpo no espelho do quarto. Observava como a sombra triangular dos pelinhos púbicos se delineava esmaecida por baixo do tecido, e o sulco entre as nádegas. As circunferências dos mamilos se desenhavam, destacando-se os bicos endurecidos. Era o prelúdio de um orgasmo, e sabia que mais sentiria, dali a pouco, antecipando as perturbações que causaria nos meninos.

Desamarrou a cordinha na lateral de seu corpo, na parte inferior do biquíni. Deixou que ele escorregasse devagar. Só não caiu de todo porque o continuou segurando, apreciando a metade do sexo aos poucos exposto no espelho do quarto.

10.
Inocência fingiu não perceber os pequenos volumes que se salientavam sob os calções dos meninos, enquanto ela e os cinco revezavam-se no uso das duas raquetes. Eles queriam ir logo para a água, mas Inocência estava disposta a adiar ao máximo esse momento.

Por fim, ela percebeu que o sol e o suor já produziam o efeito de transparência que o mar haveria de fazer. Inocência não tinha mais como prolongar o tamanho da espera. Convidou os meninos para o banho de mar.

11.
Na última noite em que passou no chalé da arquiteta, as lembranças daqueles dias misturaram-se umas às outras no luar através da vidraça do quarto.

A cabeça repousada sobre a coxa da arquiteta, os meninos jogando cartas no canto da sala, os dedos em seus cabelos, as estrelas. Quase adormecida, isso lhe pareceu sinônimo de um poderoso despertar. O murmúrio mais calmo das ondas à noite. O biquíni branco, molhado, transparente, os olhares dos meninos, da arquiteta, dos vizinhos. Sorrisos por coisa alguma, como se não fosse por aquilo. Tesão de estrear o outro biquíni, os pentelhinhos saindo pelos espaços vazados da tessitura em crochê. As lojas de artigos de praia, abertas em varandas para a rua, seus artesanatos de vime esparramados sobre as calçadas. No mar, a mão que roçou e depois repousou em sua bunda. Os dias chuvosos. Carícias misturadas às palavras. Nuvens. A cor da areia. Os passeios de Jiménez acompanhado pelo burrinho. O passeio com os meninos pela praia. As cores do céu. A persistência dos meninos para que fizesse o topless, ela fingindo que não faria. O colar de conchinhas com que lhe presentearam para que, desse modo, ficasse equilibrada com simetria, um pouco abaixo de sua cintura, a porção inferior do biquíni; em cima, o colar. Ela dizendo não. A tarde em que todos pensavam ser causa perdida e com ela mostravam-se um pouco amuados, quando Inocência apareceu enfim junto à porta do alpendre assim como a queriam. Apenas a parte inferior do biquíni de crochê, o topless com o colar de conchinhas. O olhar dos que a cercavam, os mamilos intumescidos de Inocência. O silêncio da noite, quase adormecida, a dança das imagens no luar. Na beira do mar, o braço da arquiteta em torno de sua cintura, a arquiteta lhe desatando devagar o lacinho. Assim desse jeito, sem lhe pedir licença. Ou pedido feito apenas na própria demora do ato de desatar. O biquíni de crochê caído sobre a areia. A nudez completa como um ponto de exclamação sobre a extensão da praia. A primeira estrela que despontou no céu. O banho no chuveiro externo, para tirar a areia do corpo antes de entrar na casa. Os meninos lhe ensaboando o corpo, as mãos roçando em seus mamilos, as mãos repousadas em seus mamilos. A carícia pela extensão inteira da pele e, por fim, as mãos acariciando o sexo. As estrelas através da vidraça do quarto. Prosseguiriam ainda as imagens, se não adormecesse.

12.
Última noite daquele veraneio, sentados sobre a duna – Inocência contou sobre os acontecimentos e flutuações de sua alma para mim e Lara.

Ao longe, a fogueira do luau oferecido pela pintora aos seus convidados. As ondas calmas da noite, algum pássaro em voo rasante chamando outro. Praia deserta. Alegria com o tamanho do céu estrelado.

RECITAL DOS MORTOS

Tudo estava ruim, mas ficou pior depois que a televisão veio aqui e filmou seu Seis revirando os olhos e recitando sem parar os nomes dos mortos. No início, seu Seis fora apenas o mais doido entre os malucos já contratados por meu pai. Alguns são malucos. Outros, safados fingindo serem médiuns. Eu sei quando eles estão fingindo, eu sinto. E sei quando são doidos e acreditam de verdade.

Seu Seis nunca quis cobrar. Dizia que não se cobra por um dom dado por Deus, não tem preço. Queria jorrar como uma fonte de água pura para todos, era o que dizia. Meu pai o convenceu a cobrar pelas consultas, em nome de manter a casa. Seu Seis concordou. Cobrava o valor da comissão paga a meu pai e mais um pouco, que era para custear alimentação, luz, essas coisas, já que decidiu ficar morando no quarto anexo ao consultório.

Meu pai tem faro para negócios. Percebeu logo que seu Seis iria render muito. O outro médium, que trabalhava há meses no consultório, continuou atendendo, alternando-se com seu Seis. Por pouco tempo. Era um fingido, mas tinha alguma intuição e compreendeu que o melhor era ir para longe de seu Seis. Meu pai só tem olhos para dinheiro e não viu que, depois de dinheiro, seu Seis traria desgraça.

Tive medo de seu Seis desde que botei os olhos nele pela primeira vez. Inchado como um cadáver, pensei isso. Nunca vi um cadáver dias depois da morte. Sei que é assim porque se fala muito na morte aqui em casa. Meu pai conta piadas e histórias de assombração, debocha. Achei seu Seis estufado como um cadáver apodrecido.

Com o tempo, parecia que se tornava a cada dia um pouco maior. Sonhei uma vez que ele inchara até ocupar o tamanho inteiro da sala.

Quando eu era pequena, os médiuns atendiam dentro de nossa casa. Vendo que o negócio iria prosperar, meu pai construiu o consultório nos fundos, no pátio. Seu Seis foi o primeiro que preferiu morar no quarto anexo. Movimento de pessoas querendo consultar sempre existiu. Mas só com seu Seis é que se formaram filas.

As pessoas vinham de outros bairros e até de outras cidades. Depois da televisão, passaram a vir de todo o país. Antes, seu Seis dava consultas como qualquer outro médium, só que de um jeito mais impressionante. Revirar os olhos, ele sempre revirou. E os guinchos que solta, antes de falar com aquela voz que vem do fundo de uma caverna, também são os mesmos. O que mudou foi a mensagem.

Seu Seis dava notícias dos mortos. As pessoas ficavam sabendo sobre os planos astrais em que eles recebiam lições, preparando-se para novas jornadas no mundo. Os mortos enviavam conselhos e súplicas, pediam que os vivos acendessem velas para afastar os demônios. As pessoas gostam de levar susto. Quanto mais gente saía de olhos arregalados e dando risadinhas nervosas do consultório, mais gente queria entrar na sala escura. Meu pai fazia fortuna.

Foi então que a coisa começou. Seu Seis desandou a recitar listas de nomes e sobrenomes que ninguém sabia de quem eram. Mal-estar mesmo era causado pelo que ele dizia misturado com as listas. "A bala entrou pelo ouvido esquerdo, os miolos ficaram esparramados pelo chão". As pessoas trocavam olhares. "A lataria degolou o velho, que nem assim morreu na hora, ficou ali, estrebuchando". Ninguém entendia nada. "Quatorze anos, quatorze anos, não tinha mais do que quatorze anos". Misturava essas frases sem nexo com as listas de nomes, repetia sem parar frases e listas. Só se acalmava ao nascer do sol, quando adormecia, recomeçando pelo meio da manhã.

Nessas horas todas falando, bebia apenas uns goles d'água e comia menos ainda, sem sair do transe. Nem por isso deixei de achar que ele continuava aumentando.

As consultas pararam. Ainda vinham pessoas escutar, muitas até, mas ninguém pagava para ouvir listas intermináveis de nomes desconhecidos.

De início, meu pai pensou que a coisa seria passageira e que, depois, a fama de seu Seis iria aumentar mais ainda. Pensou que deixar as pessoas assistirem ao transe enlouquecido incendiaria o falatório, seria boa propaganda para o estabelecimento.

Depois, viu que não tinha jeito, seu Seis não voltaria às consultas rentáveis. Decidiu chamar o pessoal do hospício para que tratassem de remover o médium, já que ninguém conhecia parente ou amigo de seu Seis que pudesse se encarregar disso.

O azar foi que, no instante em que meu pai colocou a mão no fone para chamar o hospício, uma mulher gritou lá no consultório. Seu Seis dissera nome e sobrenome do sobrinho dela, Rogério Leandro de Oliveira, dissera e repetira, não havia como confundir. E completara com a informação: "Baço perfurado".

A mulher estava histérica e o grupo que a acompanhava, agitado. Seu sobrinho morrera semanas antes num acidente de carro. Ele e outros três, bêbados, haviam se chocado contra a traseira de um caminhão. O ferimento fatal fora perfuração no baço.

"Anota os outros nomes, anota os nomes", alguém gritava, no meio da confusão de todos falando, da mulher chorando, do seu Seis recitando sem parar. Meu pai, mudo e pálido.

O pior foi em meia hora confirmado. Consultados os parentes das vítimas, três outros nomes correspondiam aos mortos no acidente.

Nas primeiras horas da manhã seguinte, já se formara uma pequena multidão na calçada em frente à casa. Meu pai não queria permitir que fossem escutar seu Seis, mas invadiram o pátio, espremeram-se no consultório, disseram que seu Seis pertencia a todos. Meu pai ameaçou chamar a polícia, mas não chamou.

Ficaram ouvindo seu Seis. Haviam chamado parentes e amigos de pessoas mortas de maneira violenta. Anotaram as frases malucas e os nomes que seu Seis enfileirava.

Passou o tempo. E nada.

Meu pai já estava esperançoso de que fossem embora frustrados. Mas aí aconteceu. Foi como gol marcado em estádio lotado. A vibração começou no consultório, prosseguiu pelo pátio e se alargou pela rua. O ajuntamento era um caldo grosso que a corrente de exclamações atravessava rápida. Andreia Soares, esse o nome reconhecido. Duas amigas dela estavam presentes. Quando seu Seis acrescentou "a facada atingiu o coração" e as duas confirmaram, foi nova gritaria. Até o anoitecer seu Seis marcou uma dezena de pontos, entre centenas de nomes recitados.

Eram também de mortos os nomes não-identificados? Para verificar isso, espalharam de todos os modos possíveis os nomes anotados e chamaram mais parentes e amigos de mortos a escutarem o recital. Em dois dias, seu Seis alcançou uma centena de pontos. Multidão agigantada tomava a rua, invadia nosso pátio.

A partir daí, os acontecimentos são conhecidos por todos. Veio a televisão e depois outras emissoras, e mais rádios e jornais. Seu Seis, meu pai e até eu viramos celebridades. A rua prosseguiu lotada.

Os jornalistas investigaram o passado de seu Seis a partir das informações que ele dera a meu pai. Seu verdadeiro nome seria José Santos. Teria quarenta e poucos anos. Haveria sido casado e comerciante no interior paulista. Há dez anos, abraçara a missão a ele confiada por Deus, passando a percorrer o país em nome do Criador.

Nada foi confirmado; seu Seis, que não tinha documentos de identidade, viera do nada.

E tiveram todos que se contentar com a explicação que dera a meu pai sobre seu novo e sagrado nome, Seis:

explicação nenhuma. Um segredo entre Deus e ele, segundo o próprio.

Investigaram também a vida de meu pai. Quiseram saber se ele possuía outra renda além das comissões sobre as consultas. Meu pai lhes informou que era aposentado por invalidez. "Por que invalidez, se era ainda moço e aparentava boa saúde?", perguntou-lhe um repórter com jeito desconfiado. Meu pai falou dos pulmões, puxou uma tossezinha para demonstrar e desconversou.

Algum vizinho soprou um boato e os repórteres foram averiguar na delegacia policial. Acho que subornaram funcionários para obter registros de denúncias contra meu pai por estelionato. Coisas de sua mocidade. Nada fora provado, ele nunca estivera preso.

Mesmo assim, denúncias e a aposentadoria precoce, que colocaram sob suspeita, serviram para pôr lenha na fogueira das matérias que indagavam se a casa dos médiuns não explorava as crendices e as dores do povo.

Porém, o povo já estava com a sua convicção formada. Para a multidão, seu Seis era mensageiro de Deus. Estava acima de meu pai, livre de contaminações.

Ninguém soube explicar como, mas, em poucos dias, estabelecera-se um culto, com organizadores, regras e crença. Quando seu Seis dizia o nome de uma vítima de acidente, assalto ou outras violências, se parente ou amigo do morto estivesse naquele momento presente, valia por uma poderosa vela acesa no plano astral. Auxiliava a vítima a liberar-se do trauma e evoluir em seu carma. O benefício estendia-se aos vivos que houvessem testemunhado o momento em que a boca santificada de seu Seis pronunciara o nome.

Daí porque a romaria que tomava a rua e invadia o pátio tornara-se constante. Mães desesperadas, órfãos, legiões de sofredores faziam fila rezando em voz baixa. Esperavam horas pelos instantes em que estariam no grupo com permissão para entrar no humilde santuário de seu Seis.

A maioria saía da sala sem a recompensa desejada. Mas, a cada dia, diversos eram os que saíam exultantes, abençoados pela audição do nome aguardado. Dádiva completa era quando o nome vinha acompanhado do bônus da frase com informações exatas. "Derrapou na pista e capotou até descer pelo barranco", e uma viúva desatava em prantos. "O ônibus bateu de frente contra o caminhão, a menina estava dormindo, sim, estava dormindo, estava dormindo a menina, ainda está para acordar, vai acordar no céu" – os avós iam embora enlaçados, rostos suavizados pelas lágrimas misturadas com o sorriso. "Dois tiros à queima-roupa, agonizou o dia inteiro", os pais se retiravam quase dispostos a perdoar o assassino.

Testemunhar que muitos eram abençoados incentivava os desafortunados a voltarem nos dias seguintes em busca da mesma dádiva. A crença afirmava que o consultório montado por um salafrário fora o lugar escolhido por Deus para abrigar a missão de seu Seis, num sinal dos misteriosos caminhos através dos quais se realiza a vontade divina. Na sala santa, deveria permanecer seu Seis em transe, em respeito à vontade suprema.

Meu pai bem que tentou chorar miséria, fazer-se de inocente e pedir uma moeda por visitante, mas percebeu em seguida que corria o risco de levar uma surra.

Os organizadores do novo culto colocavam ordem

nas filas, controlavam o tempo de permanência dos grupos dentro da sala, anotavam nomes e sobrenomes recitados, divulgavam as listas, chamavam o povo. Providenciavam as flores e os incensos. Registravam as preces de agradecimento enviadas pelos sofredores. Revezavam-se dia e noite na vigília em torno de seu Seis. Baniram qualquer pagamento na entrada do consultório em nome de romper com o passado suspeito da casa. Apenas aceitavam donativos dos abençoados com a escuta dos nomes queridos. Essas coisas todos sabem. Viram na televisão, escutaram no rádio, leram no jornal. Sabem que, na rua, surgiu e cresceu um comércio ambulante de flores, velas, pedras mágicas, retratinhos de seu Seis e camisetas estampadas com a imagem dele, livros de preces, escapulários, churrasquinhos e lanches rápidos.

Sabem que sou bonita, pois me viram na tevê, dando entrevista na frente do portão da casa, declarando que gostaria que aquilo tudo terminasse e que nunca seu Seis pronunciara nome e sobrenome de minha mãe na lista dos mortos. Assistiram, na reportagem que fizeram no colégio, à estúpida da minha professora dizendo que, às vezes, chegam até a ficar assustados com minha inteligência, mas que a lástima é que poucas vezes estou disposta a esforçar-me a tirar melhores notas.

E todos viram, ouviram, leram padres, pastores e líderes espíritas condenando o novo culto. Tomaram conhecimento de psiquiatras explicando que esquizofrênicos podem desenvolver uma memória psicótica, capaz de armazenar inacreditável quantidade de informações sobre o tema de sua obsessão. Acompanharam os jornalistas investigando os quatro mil nomes acertados por seu Seis e verificando que quase todos haviam tido suas mortes violentas noticiadas.

Conhecem a controvérsia que se seguiu. Seu Seis fora leitor das páginas policiais em suas horas de folga do ofício mediúnico, antes de afundar no transe ininterrupto. Desde quando poderia estar acumulando informações? Por que não pronunciava nomes de pessoas mortas após sua entrada no transe definitivo? Seus poderes, por acaso, teriam data de validade? E aqueles outros nomes não-confirmados, que formavam uma legião muito maior, quem eram? Nomes inventados? Essas evidências e perguntas sem respostas não indicariam que a explicação dada pelos psiquiatras seria verdadeira?

Souberam do mesmo modo que suspeita alguma abalou o ardor dos novos crentes. Como seu Seis poderia lembrar de quatro mil nomes e sobrenomes e, de uma parte desses, saber informações precisas sobre as circunstâncias de suas mortes? Por que ter mais fé na possibilidade de uma fantástica memória do que no milagre da comunicação com os mortos? Quem explicaria a paz celestial que inundava os abençoados com a escuta dos nomes queridos? Viram, ouviram e leram organizadores do culto e parentes e amigos das vítimas dando testemunho de sua fé.

O que não sabem era o que acontecia comigo. Nem o que se passou entre mim e seu Seis enquanto tudo definhava.

A primeira vez foi no metrô. O trem estava atulhado de mortos. Sei que era imaginação minha. Mas não era imaginação do tipo que eu pudesse controlar. E era nítida. Nítida demais. A primeira vez foi no metrô. Depois, aconteceu na rua, no supermercado, no ônibus, na sala de aula. Fui ao estádio e ele estava lotado – de mortos. Fiquei olhando aquela gente ensanguentada, empilhada nas arquibancadas e pensei: esses são os que morreram em acidentes de trânsito no ano passado. Subi no elevador espremida entre rapazes de cabeças furadas, os que foram desovados no lixão durante o carnaval. Desci do ônibus cheio de suicidas. Não queria voltar ao metrô, mas fazer o quê? Não podia deixar de andar pela cidade e ver a multidão de cadáveres descendo as escadas para dentro das bocas negras das estações. E os trens? Eu me apavorava. Mas era até divertido.

Por quanto tempo se prolongaria o novo culto? Eu fazia cálculos. Lembrava ter lido que, desde décadas, morriam trinta mil, quarenta, cinquenta mil em acidentes de trânsito todo ano. Isso somava um milhão ou dois, por aí. Os mortos em assaltos, em disputas do tráfico, em confrontos de rua ou de bar, em brigas de família, os esfaqueados, os fuzilados e os espancados eram o dobro dos mortos em acidentes de trânsito. Só nos festejos do último ano-novo, haviam se ralado não sei quantos. E tinha mais uns punhados de soterrados por desabamentos, de fuzilados por engano pela polícia, de mulheres mortas depois ou mesmo antes de serem estupradas, sei lá. Seu Seis iria dizer os nomes de todos esses milhões? Eu duvidava, a tal da memória psicótica não poderia ser assim tão poderosa, nem poderia ter lido todas as páginas policiais – nem todos os mortos eram noticiados. Mas qual o número que ele teria conseguido guardar?

Não deixava de ser engraçado voltar da escola e abrir passagem entre o grupo de defuntos que se apinhava no portão da casa, entrar e fazer meu lanche de fim de tarde. Meu medo diminuía, até mesmo no trem. Em troca, crescia o tédio. Sempre ouvira falar em morrer de tédio, agora começava a entender que isso poderia ser mais do que um jeito de falar.

Quando alguém levaria seu Seis embora? Meu pai não ia ao juiz pedir a remoção de seu Seis por medo de que os crentes, em represália, exigissem do poder púbico a revisão de sua aposentadoria. Eu não tinha para onde ir, casa que me recebesse. Na verdade, nem queria. Eu me consolava assistindo à desgraça de meu pai, sujeitando-se à situação por causa da aposentadoria mixuruca, temeroso não sei de quais outras represálias. Bem feito, pensava.

Sabia que seu Seis sairia do transe quando esgotasse o estoque de mortos identificáveis. E quando isso acontecesse, algo mais aconteceria, eu sabia, sentia. Mas o quê? E quando?

Adivinhava que continuaria enxergando mortos enquanto seu Seis morasse nas peças nos fundos da casa. Já não sentia medo. Nem no trem, espremida pela multidão sendo devorada pelos vermes. E deixara de achar engraçado. Tudo era hábito, não sentia nada. A única coisa que me interessava era saber quando seu Seis iria embora.

Um dia, tive uma iluminação. Minha pergunta estava errada. Não era quando. Era o quê. O que seu Seis queria para ir embora? Mal pensei isso e um defunto se virou para mim. Não posso dizer que me olhasse, já que no lugar dos olhos tinha a fenda aberta por uma machadada. Movia os lábios devagar, falava baixinho. Não consegui entender o que dizia, mas tive uma intuição.

Naquela noite, como em todas, fui ao consultório. Depois que o expediente das visitas terminava, permaneciam com seu Seis apenas dois ou três dos organizadores. Revezavam-se na vigília de proteção ao santo, anotavam os nomes e frases que ele continuaria pronunciando até o nascer do sol. Eu levava bifes e arroz, sanduíches e café para eles. Essa era a forma que meu pai encontrara de ainda ganhar uns trocados com seu Seis. Negociara com os organizadores que eu providenciaria todas as noites as refeições e eles pagariam uma taxa pelo serviço.

Às vezes, eu permanecia na sala, observando seu Seis, enojada. Ele suava sempre, pegajoso, melento. Sentia cheiro de carne podre desprendendo-se do homem enorme.

Sabia que seu Seis parara de alimentar-se apenas nos primeiros dias do transe profundo. Depois, durante a noite, em segredo, os vigilantes o alimentavam com parte das refeições que eu preparava com fartura, obedecendo à exigência deles. Ninguém me contara isso. Eu sabia. Para o público, eles mantinham a imagem milagrosa de que seu Seis ingeria apenas goles d'água e quase nada de comida. Eu imaginava seu Seis cagando durante a madrugada e aqueles cretinos limpando o asqueroso em transe. Desejava que o consultório, o quarto, o banheiro pegassem fogo.

Era comum os vigilantes abandonarem a tarefa de anotar os nomes. Seu Seis repetia várias vezes as listas antes de iniciar novas. Os vigilantes cansavam. Retiravam-se para um canto, conversavam em voz baixa.

Naquela noite, permaneci mais tempo na sala. Sentada no chão diante de seu Seis esparramado sobre a poltrona, revirando os olhos, recitando as listas.

Seu Seis passou a pronunciar mais devagar os nomes, fazia breves intervalos. Os vigilantes prosseguiram em sua conversa em voz baixa, no canto da sala.

Então, eu vi. Seu Seis fixou seus olhos nos meus e moveu devagar os lábios. Não emitiu som, mas entendi o movimento. Ele pronunciara o nome de minha mãe. Retornou de imediato ao recital, no momento em que os vigilantes interromperam a conversa e voltaram seus rostos para nós, alertados pelo intervalo de silêncio mais prolongado.

Saí da sala sem sentir paz celestial alguma por ter lido nos lábios repulsivos o nome de minha mãe, não me senti como os outros, que se consideravam abençoados pela audição de um nome aguardado.

Para mim, acontecera de modo diverso. E diferente deveria ser o significado do acontecido, pensei. Tive outra intuição. Passei a ler todos os dias as páginas policiais. No sexto dia, aconteceu: a reportagem sobre uma mulher de nome e sobrenome iguais aos de minha mãe, assassinada de modo idêntico. Seu marido estava assistindo ao futebol na tevê, à noite. Esvaziara todas as garrafas e queria mais. Não iria deixar de assistir ao jogo para buscar as cervejas no bar, quadras adiante. Mandou a mulher, que sumiu no trajeto da rua escura. Encontraram seu corpo na manhã seguinte, num terreno baldio, degolada, de bermudas arriadas. A polícia confirmara que havia esperma em seu ânus. Do mesmo exato modo como meu pai mandara minha mãe para a morte, seis anos antes.

Seu Seis não me dissera um nome do passado. Dissera o futuro. Pensei isso um minuto antes de escutar uma mudança no vozerio habitual que vinha da rua. Deixei o jornal sobre a mesa da cozinha. Lavei a louça do meio-dia antes de sair à rua. Não sentia pressa. Era reconfortante ouvir aquela mudança para um tom aflito nas conversas da multidão de peregrinos. Eu adivinhava qual seria a novidade.

Fui até os fundos. Minha entrada no consultório era sempre permitida pelos organizadores. Seu Seis interrompera o recital. Permanecia balançando devagar a cabeça, mirava o teto. Tinha uma mistura de riso silencioso e careta medonha na cara. Alguns peregrinos observavam a cena. Talvez agora enxergassem a verdade, eu pensava, olhando para seus rostos pasmos.

O recital de seu Seis nunca fora em solidariedade aos mortos. Ele sentia necessidade de estar rodeado de tanta dor. Sentia prazer. Eu sabia.

Prolongara com nomes falsos a expectativa pela audição dos nomes aguardados. Nenhuma vela fora acesa em outros planos pela salvação dos mortos, quando um nome fora recitado.

Seu Seis é doido de atar. Mas não é apenas doido. Ele se comunica de verdade com alguma coisa. Demorei a entender isso. Foi só naquele momento, depois de ler que uma mulher de nome igual ao de minha mãe fora assassinada do mesmo modo, olhando para o riso medonho do monstro, que eu soube.

Eu olhava para os rostos dos tolos, tentando adivinhar se enfim enxergariam a verdade. Mas não. Eles estavam assustados. Perdidos. A verdade, eles não queriam encontrar.

O que aconteceu depois todos assistiram na tevê, ouviram no rádio, leram nos jornais. Sabem que o culto definhou, que agora poucas pessoas permanecem em frente à casa, esperançosas ainda de que seu Seis volte a recitar os mortos.

Acabou o noticiário, e todos lembram dessa história, pois foi há menos de um mês que iniciou o declínio do culto. O que nunca souberam é o que acontecia comigo. Eu retalhava porções de carne a cada noite, preparando os bifes que levava com arroz, sanduíches e cafés para os vigilantes, que alimentavam o santo em jejum. Minha mão tornava-se mais destra a cada noite, forte, ágil, incisiva no corte. A faca longa e afiada passara a ser um prolongamento de meus dedos. Eu me perguntava se o novo transe de seu Seis, sorrindo para o teto, seria profundo a ponto de impedi-lo de defender-se de um golpe.

Seguia minha rotina. Continuava enxergando os mortos, amarrada ao tédio com cordões e laços fortes. Sei que era imaginação minha. Mas não era imaginação que eu pudesse controlar. Assistia ao espetáculo. A diferença era que, agora, os mortos pareciam ter medo de mim. Não viravam em minha direção seus rostos. Mantinham distância respeitosa. Retiravam-se aos poucos do local em que eu estivesse. Até o metrô tornava-se rarefeito. Sei que era imaginação minha. Mas nítida demais.

Eu levava as refeições todas as noites até os fundos. Os vigilantes não tinham mais o mesmo ânimo. Até dormir, dormiam. Ouvira comentários deles: esperariam mais uma semana ou duas. Se o santo não voltasse a recitar milagres, seria removido para o asilo.

Meu pai se lamentava pela perspectiva de perder a venda das refeições. Repetia para mim, como se esperasse que eu inventasse uma solução, que a credibilidade fora perdida, não seria possível reativar a casa com outros médiuns. Meu consolo era assistir ao seu tormento.

Prosseguia em minha rotina. Esperava por algo, sem saber o quê. Ficava observando seu Seis, uma noite após outra. Os imbecis dos vigilantes permaneciam conversando no fundo da sala. Dormiam. Eu me perguntava se, durante esse tempo todo, nenhum deles percebera que seu Seis continuara a crescer. Cada vez mais alto, mais inchado.

Todas as noites, eu levava as refeições e permanecia um tempo diante do monstro. Ouvira os vigilantes comentando que não existiam motivos para adiar a remoção do seu Seis. Só que eu já não desejava isso. Não enquanto tudo não estivesse, de verdade, terminado.

Eu sabia, sentia, que deveria escrever sobre os acontecimentos. Escrevi isso tudo na noite retrasada, sem parar.

Ontem à noite, o demônio falou em voz baixa comigo. Os vigilantes estavam distraídos no canto da sala, jogando baralho. Eu permanecia em pé diante de seu Seis, observando seu inchaço. Imaginava se ele não explodiria como um balão se fosse furado. Estava com os olhos fixos em seu estômago, saltado sob a camisa, quando senti um formigamento na testa. Antes mesmo de levantar a cabeça, adivinhara: o olhar de seu Seis estava cravado ali. Sei que não era apenas reflexo do único abajur aceso no canto da sala, havia mesmo um brilho próprio saindo de seu olhar, um brilho de coisa ruim. Seus olhos pareciam duas cabeças de cobras encarando-me desde cima. O olhar foi baixando. O monstro estava me admirando. Deliciou-se com meu umbigo, deixado à mostra por minha calça de cintura baixa. Sua língua asquerosa fez movimentos para fora da boca, como se lambesse, enquanto fixava meus pés descalços. Chupou meus dedinhos à distância, um por um. Ele demorou o olhar em meus peitos, salientes sob o tecido da camiseta branca. Então, começou a mover os lábios em silêncio. Não consegui ler o que diziam. Aproximei-me para entender, mesmo sabendo que aconteceria o que aconteceu. A mão suada de carne podre acariciou meu braço, enquanto eu lia e relia nos lábios do pestilento o nome do meu pai.

Os dois vigilantes abobados nada viram. Mal responderam ao boa-noite que desejei ao me retirar. Nem perceberam que, na porta, ainda me virei para seu Seis e mandei para ele um beijo prolongado.

Não duvido mais de seus poderes. Sei que ele pode chamar forças obscuras para produzir acontecimentos. E entendi a troca que ele me propôs. Sei que ele pode prever o futuro. Mas não todo o futuro. Ele também se deixa cegar.

Passei a noite em claro. Em alguns momentos, pensei em recuar, porém me foi nítido que, quando fraquejava, o tédio, ou a raiva, ou o medo, sei lá, tornava-se tão grande e pavoroso que não sei se era uma enchente que vinha do fundo de mim para me afogar ou se era um mar de ondas gigantes vindo de fora, do mundo.

Passei outra noite em claro. Mas estou sem sono. Escrevo estas últimas linhas agora pela manhã. Meu pai tomou cerveja em vez de café. Saiu sem me dizer palavra.

Notei que o bolso de sua calça estava estufado por um bolo de dinheiro e que a ponta de uma nota de cinquenta estava à mostra. Ele já não sabe mais o que faz. Sempre se achou esperto, sequer percebe o quanto está débil. Foi jogar sinuca no boteco, fazer apostas. Em sua ilusão, pensa que vai voltar para casa com mais dinheiro do que saiu. Não vai voltar para casa. Vai ser assaltado. Vai reagir. Vai ser morto. Foi a última vez que o vi. Eu sei.

Voltei da rua faz meia hora. Só vi as pessoas de sempre, as que vivem suas vidinhas. Os mortos desapareceram. Meu pai deve ter se juntado a eles. Minha mente está expandida. Compreendo tudo como nunca havia compreendido. Estou sem medo, sem sono. Estou desperta como jamais estive.

Os dois vigilantes abobados bateram na porta da cozinha. Vieram dizer-me que vão sair mais cedo. Os outros dois não demoram a chegar. Não preciso me preocupar com seu Seis, ele está dormindo um sono pesado, tão cedo não acorda.

Na verdade, os outros dois vigilantes vão demorar. Eu sei. Depois de todos esses meses, estaremos só eu e seu Seis na casa. Eu, aqui na cozinha. Ainda agora, retalhava a carne. Ele, lá nos fundos. Dormindo, acreditaram os dois abobados. Só eu e ele.

É PESADO ESSE BALDE, CHICA

1.

Quando a vovó lhe diz "vai ao poço, hija, traz um balde d'água" (assim mesmo, a abuela uruguaia lhe chama de filha), a menina vai correndo, pois a velhinha não tardará a tirar os pães do forno e a colocá-los cheirosos sobre a mesa, a água é para ferver e preparar o café. Desce correndo a coxilha e sobe a outra. A vovó, como sempre, deve estar à janela, porque gosta de ver a neta com as trancinhas ao vento, voando, de tão rápida que corre. Do poço, a menina abana para a avó, que volta à cozinha para cuidar dos pães. O retorno será mais lento, com o balde cheio. Ainda assim, a gula apressará os passos. Não gosta de deixar a abuela sozinha e quer voltar logo para a mesa dos pães cheirosos. A cacimba é de água muito clara, tão cristalina que dá para avistar, lá no fundo, uns peixinhos transparentes. De onde vêm esses peixinhos? Como podem viver dentro da cacimba? Já perguntou isso para a vovó, que não soube responder. "É assim, hija, é assim, vivem lá dentro porque a água é boa". Nadam no céu azul e nas nuvens brancas, os peixinhos. No poço, o céu fica tão fundo.

2.
"É pesado esse balde, chica", diz a carranca que apareceu de repente flutuando no céu fundo. O susto faz a menina deixar o balde mergulhar no poço, enquanto se vira para olhar o homenzarrão, que ri, quase gargalha. Alguma coisa nesse riso mete medo na menina. "Eu puxo esse balde para ti, chica" e, num instante, o homem movimenta a roldana e alça o balde cheio que, suspenso por sua mão, parece leve como um copo d'água. "Onde é a tua casa, chica? É aquela? É aquela lá, chica? O que foi, perdeu a língua?". A gargalhada do homem dá um frio na barriga da menina e lá, na outra colina, nenhum sinal da vovó aparecer na janela. "E, então, é ou não aquela a tua casa? Vou levar esse balde para ti". Ela permanece em silêncio, mas o homem sabe que aquela é a sua casa. "Vamos", ele ordena, mas não desce a coxilha em direção à casa, e sim para o lado oposto, em direção à estradinha de terra que serpenteia aos pés das colinas. "Vamos", repete o homem com uma entonação autoritária, porque a menina permaneceu junto ao poço. Ela gostaria de correr, mas as pernas parecem pregadas no chão, e o homem, em duas passadas, iria alcançá-la. "Vamos, chica, esperam por esse balde na tua casa. Não foi tua madre quem te mandou buscar água? Vem, vamos". A menina desce a colina, acompanhando o homem, a casa da avó desaparece de sua vista. Ainda bem que, chegando à estrada, é na direção da casa que o homem se põe a tri-

lhar, mas é mais longo voltar pela estrada tortuosa do que descer correndo uma coxilha e subir outra.

O caminho é deserto, as sombras das colinas alongam-se sobre ele. O homem anda devagar, parece caminhar cada vez mais lento. Olha para um lado e para o outro, como se estivesse a verificar se vem alguém pela estrada. Leva o balde à boca e faz descer pela garganta os goles d'água. "Mas que bosta! Que bosta é essa na água?". Encosta a alça no rosto da menina, que vê um peixinho transparente na água, menor do que seu dedo mindinho. "Que bosta é essa, chica? Essa bosta me tocou na boca". O homem faz menção de arremessar o balde. "Não! Essa água é para a minha vó", pede a menina, e o homem ri. "Então, tu falas, hein?". Ele repousa o balde sobre a terra e senta-se num tronco caído. Tira do bolso, por baixo do poncho, um palheiro, demora-se em preparativos para fumá-lo. A menina segura esperançosa a alça do balde, mas não chega a levantá-lo. "Deixa esse balde aí, chica teimosa, já falei, vou levá-lo para a tua vó". O homem fuma devagar. Um lado do céu está vermelho. No lado oposto, escuro, aparece a primeira estrela. Esfria.

A vovó deve estar preocupada à janela, ou terá saído pelas coxilhas em busca da neta. "Então, vais levar água suja com peixe para a tua vó, chica?". Uma baforada. Outra. "Vou tirar essa bosta daí", anuncia o homem já com a mão em concha dentro do balde.

"Não, depois eu tiro ele daí".

"Como é que é? Não é para tirar essa bosta do balde?".

"Eu levo ele para casa. Depois, eu ponho ele num copo".

"Como é que é, chica? Vai pôr o peixe num copo? E para quê?".

"Depois eu levo ele de volta para o poço".

A menina não entende o que o homem achou tão engraçado. Fica é cada vez mais angustiada por ele estar gargalhando, gargalhando com a cara virada para o céu anoitecendo, gargalhando e repetindo "vai pôr num copo", com a boca escancarada e vibrando, olhos fechados pelo riso, "vai levar a bosta de volta para o poço", gargalhando sem fim. Cessa o riso de repente. Olha para a menina como quem olha para o nada e ainda dá um riso entrecortado, enquanto murmura "vai levar a bosta de volta para o poço num copo". Depois se aquieta, torna a sorver o palheiro. "Senhor, tenho que voltar para casa, minha vó precisa de mim". Pressente que ele nada responderá até terminar o palheiro. Poderia tentar ir sem o balde, mas adivinha que isso também ele não permitirá. O resto de luz vem da última mancha vermelha no horizonte, por trás da colina.

O palheiro está chegando ao fim. Há uma súbita expressão de contrariedade no rosto do homem. A menina olha para onde ele olha e vê um vulto se aproximando. É outro homem. Semelhante ao primeiro, mesmo tamanho e vestes, mesmo jeito pesado de andar. Ela o reconhece. Viu esse homem algumas vezes no povoado. Ele sempre lhe deu medo. Ouviu as pessoas comentando que é um degolador, carrasco dos vencidos nas guerras; nos dois lados da fronteira, evitam olhá-lo de frente. "Buenas noches", diz o matador chegando. "Noche", retruca o homem sentado sobre o tronco, terminando o palheiro.

Encaram-se, os dois, sem que o caminhante interrompa os passos. Parecem se conhecer, fica em dúvida a menina. O caminhante prossegue. Vira-se, uns passos adiante, olha para a menina e novamente para o homem. Depois continua, vai na mesma direção que leva à casa, mas, na bifurcação, toma o caminho oposto. Desaparece na curva por trás de outra coxilha. O homem sentado sobre o tronco sorve pela última vez o palheiro. Permanece calado. A mancha vermelha no céu desapareceu, ele continua pensativo. "Toma o balde, chica", ele o alcança para ela. "Leva para a velha". Nunca o balde pareceu tão pesado, nem tão lentas suas pernas. Gostaria de ver o peixinho na água, mas no escuro não consegue. A outra vertente da estrada margeia a colina onde fica a casa, a menina já fez a curva e avista o rancho. Há uma luz fraca de lampião saindo pela porta, enxerga a velha andando aflita pela frente da casa. A menina solta o ar engasgado, sente-se outra vez leve, consegue aligeirar os passos. Ainda escuta ao longe, lá para trás, a voz do homem gritando para a noite "tem sorte esse peixe, chica, tem sorte".

2.222 CISNES BRINCANDO DE LOCOMOTIVA E VAGÕES

"Tá com vontade?". Acordei (estou meio acordado) agora. Ela também? Pergunta-me se quero. Estamos encaixados em forma de S, S duplo, meu braço por cima de sua cintura. Desde quando assim? Que horas são? Pelo sol oblíquo na persiana, pouco mais que madrugada. Dormimos tarde. Acordei? Ainda tenho o último sonho na mente. Uma vez, vimos cisnes nadando em fila, surgidos da neblina sobre o lago. Eu os via de novo, ainda agora. Vinham à margem atendendo ao chamado dela, surgiam sem parar da neblina encostada sobre as águas. Cerravam, um por um, sonhadores, os olhos, quando ela acariciava suas cabeças sedosas. Se estou com vontade? Foi o que ela perguntou, virando o rosto devagar, falando baixinho. Desde quando a amo? A essa hora, não é hora de fazer contas. Eu a amo desde a primeira vez que a vi. Ela sempre multiplicou a beleza do mundo. Amor e paixão são diferentes. Como é possível estar assim por tanto tempo apaixonado? Olho os desenhos centrípetos, centrífugos de sua orelha. Espiral, eu vou. A curva interna de seu pé sempre esteve no início de um caminho. Prestar atenção em sua voz silencia meus pensamentos. Felicidade grande de deixar-se deixar de ser, por segundos, por minutos. Dez, vinte anos? "Tá com vontade?". Ela se virou suave e perguntou com os lábios colados em meu nariz. Ama-se quando o pequeno mau hálito da manhãzinha, da noite que não teve tempo de escovar os dentes, é o perfume que reinicia o beijo.

A TECELAGEM DO MAL

1.
Recém me ordenara padre quando cometi o erro, ao atender a súplica. Consenti em fazer-me de exorcista. Uma menina, em seu segundo ano escolar, já apresentava os sinais da puberdade, nascimento dos pelos e seios, um filete de sangue menstrual. Recusava-se a estar de outro modo que não fosse nua, e, apesar de frágil, seus pais não encontravam forças para vesti-la, nem calar seus gritos e o repertório de obscenidades.

Eu mal sabia rezar em latim, mas deduzi logo que o casal esperava de mim gestos fortes com o crucifixo em punho, um banho de água benta derramado sobre a menina e orações com a pompa e o drama de sonoridades estranhas, pronunciadas em língua incompreensível. Tentei lhes explicar que raríssimos padres são autorizados à prática do exorcismo, que o mais adequado seria levar a criança ao médico. Prometeram-me que, pela manhã, iriam à cidadezinha em busca do clínico. Porém, rogavam que eu acalmasse a fúria da noite, e o único padre próximo em muitos quilômetros ao redor, naqueles campos sem luz elétrica, era eu.

Concordei em fazer o teatro que esperavam de mim. Conseguimos cercar a menina num canto da sala e, enquanto eu recitava veloz em latim e tapava os furos do meu pouco conhecimento com palavras que inventava na hora, ela prosseguia com sua torrente de desaforos. Eu aspergia com água benta e ela berrava com força que não se diria possível para menina de seu tamanho.

Acalmou-se de repente, prostrou-se sobre o sofá e ali permaneceu. Prossegui com meu latim, em tom cada vez mais baixo, mais vagaroso. Até se tornar sussurro, cantiga de ninar. Ela tinha a respiração de quem dorme, embora me fitasse com seus olhos verdes. Eu quase gostei daqueles momentos. Achei bela minha própria canção e não me perturbei ao perceber que apreciava a oportunidade de admirar a menina nua, formosa como uma miniatura de linda mulher, com seu corpo esguio, a pele clara, cabelos negros.

Ela permanecia me fitando, e minha atenção flutuava de seus olhos para o contorno do corpo e, desse, de volta para os dois brilhos verdes à luz do tosco candelabro.

À frente da casa solitária, despedi-me do pai garantindo-lhe que a filha dormiria sossegada. Roguei e fiz com que me prometesse várias vezes que procuraria o médico pela manhã. Junto à porta, enquanto segurava e apertava sua mão, obrigando-o a me repetir a promessa, julguei ver, no vinco que se formou no canto dos lábios, um início do inconfundível e dissimulado sorriso do sarcasmo.

Voltava pelo caminho esburacado, tentando evitar no escuro as poças de barro, pensando mais em mim do que na menina ou em seu pai. Enxergara mesmo um contido sorriso sem sentido em sua face? Talvez ele não levasse a criança ao médico por vergonha de expô-la ao olhar dos outros. E, depois, não seria o clínico do povoado quem teria condições de tratar sintomas como aqueles. Eu, menos ainda. Era em mim que pensava, padre de pouca fé.

Desabituara-me a orar em silêncio. Apenas rezava nas missas, para a audiência dos crentes. Perguntava-me como pudera deixar de trazer a Bíblia e o livro das orações para enfrentar demônios, justo num exorcismo. Incomodava-me sequer estar surpreso com a facilidade com que inventara palavras, desempenhando a farsa.

Pensava todos os dias na brevidade da vida, na poesia de desejos que, de modo incessante, obrigava-me a reprimir.

Pedi em fervor silencioso uma prova da existência de algo além da necessidade humana de consolar-se da morte com a crença em mitos impossíveis, o testemunho de algo mais do que manifestações psicossomáticas tomadas como evidências sobrenaturais. Orei com tanta força que pensei tangenciar uma presença invisível. Renovei-lhe o pedido e, não sei como, dei por mim rogando que me fosse dada a prova até mesmo pela via do mal. Saí da prece num sobressalto, com a consciência de volta para o caminho deserto e para a noite abafada. Quis gracejar dos temores que se insinuavam, porém um calafrio percorrendo a espinha obrigava-me a tentar enxergar no escuro o que pudesse estar por perto. Pensamentos insistentes continuavam a apresentar-me a ideia. Uma prova até mesmo pela via inversa. A existência do mal metafísico indicaria a existência do bem metafísico. Melhor ser posto diante de um demônio do que fingir resignação frente ao abismo do nada.

Relampejava no horizonte, as trovoadas chegavam segundos depois. Em meio aos canhões, escutei algo que pareceu humano. Talvez apenas ave noturna chamando o bando. Morcegos guincham?, perguntei-me, espichando os ouvidos em direção ao escuro. O filete da lua passava de quando em quando pelas nuvens. Acreditei enxergar algo branco aproximando-se pelo trecho do caminho que deixara atrás.

Desejei afastar-me, mas nada fiz além de permanecer grudado ao barro da estrada, querendo ver, esperando o retorno da luz. Ela veio, e vi. Um corpo alvo, sim, aproximava-se pela estrada.

Era possível que fosse mesmo o que eu julgara vislumbrar? A pálida claridade voltou. Permaneceu. A mulher nua corria como que fugindo de uma alcateia. Pensei ter visto dois vultos em perseguição a ela, mas não tornei a divisá-los na escuridão em sua volta.

À medida que se aproximava, a mulher diminuía o ímpeto de sua corrida. Caminhou por fim. Senti como se ela não mais fugisse de alguém. Eu me enganara ao julgá-la perseguida. Ao contrário, pareceu-me um predador avançando sem pressa, segura de que seria impossível minha fuga.

Quando discerni seu rosto, medo tão grande se apoderou de mim que conheci o paroxismo de permanecer consciente sem pensamentos.

2.

Dormi alguma vez nos dias seguintes? Almocei ou jantei? Não sei dizer se as lembranças são opacas ou as mais nítidas de minha existência. Nem mesmo sei se é razoável dizer que são dos dois modos ao mesmo tempo. Recordo algo vago sobre os moradores do povoado evitando-me na rua, cochichando às minhas costas. Existe um resíduo de memória que me sugere o sacristão amedrontado perguntando-me se não iria rezar a missa. Tenho dúvida se a lembrança de um ônibus vazio é verdadeira, mas deve ser – caso contrário, não teria, num fim de tarde, desembarcado na metrópole.

A memória daqueles dias é tomada pelo gosto do suor lambido na pele, por lençóis amassados, encharcados, pelo cheiro forte do sexo como eu nunca imaginara que esse fosse.

A nitidez com que eu enxergava, dilatados por microscópio invisível, os poros de sua pele, os mínimos rajados verdes de seus olhos: essas lembranças parecem tão vivas como se fossem de acontecimentos do minuto que acabou de passar.

Porém, até essa nitidez me parece opaca, pois, nela, nunca encontrei as respostas. Alucinação, para onde volta minha mente e não consigo saber se é verdadeira a débil lembrança de que, então, eu já me fizera as mesmas perguntas que agora não cesso de apresentar-me.

A mais absurda dessas perguntas é se a mulher que desde aquela noite me acompanha é a menina que exorcizei. Pergunta de um demente, eu me advirto. Como seria possível que, meia hora após o exorcismo, a menina reaparecesse transformada em mulher adulta? Absurdo dos infernos, é o que me digo, tentando afastar a pergunta insistente.

Mas a verdade, a verdade sem disfarce, é que essa certeza foi o terror que me possuiu naquela noite ao vê-la na estrada. Paralisado, apanhado por seu abraço, invadido por sua língua, que ardeu como queimadura no céu de minha boca, silêncio da completa ausência de pensamentos, vazio onde, de algum modo, eu sabia – a menina e a mulher eram uma só.

A ilusão do bom senso tentou fazer-me acreditar que não. Permaneci anestesiado, tornei-me cúmplice da comodidade oferecida pelo bom senso. Estranho bom senso que continua a pedir-me para acreditar no inacreditável. Apego-me ao engodo porque a alternativa é ainda mais impossível.

Algo em mim sabe a verdade. As perguntas retornam cada vez mais nesses últimos dias. Voltam sem me deixar refúgio.

A ilusão tenta fazer-me aceitar crível a perfeita coincidência das fisionomias e da alvura dos corpos esguios, da escuridão dos cabelos, do verde dos olhos que me subjugaram. Quis enganar-me a ilusão dizendo que, se houvera retornado à casa da menina endemoniada, eu ainda lá teria encontrado a criança. Adormeceu-me também a mentira, fazendo-me crer na extraordinária história de uma camponesa com dedos de fada, que saiu nua, à noite, a passear pelos campos, encontrou um padre na hora exata de sua tormenta metafísica e dele se apoderou; amaram-se, amam-se, vivem juntos e não são loucos.

Não fui feliz nesses três anos? Fui? É a superstição religiosa que ainda me tiraniza, levando-me a querer enxergar o que não existe?

Por que me pergunto como é possível que eu jamais a tenha visto dormindo? Sempre durmo primeiro. Quando acordo, ela está desperta, olhando-me. Deseja-me bom-dia com seu mais belo sorriso.

Sinto-me estúpido quando finjo dormir, deixo passar as horas e, ao abrir os olhos, encontro-a em vigília no escuro – ela, que sussurra em meu ouvido "o que foi?", invade-me a boca com sua língua contorcionista, apaga-me, por uma noite, a inquietude.

Desejaria ouvi-la espirrar, tossir e engasgar, nela sentir a presença das fraquezas que nos tornam humanos. Apreciaria encontrar sinais da passagem do tempo em sua face. Gostaria de brigar com ela ao menos uma vez.

Torturo-me com perguntas sobre a possibilidade de alguém ser louco apenas por uma noite e sobre a improvável fortuna de ser amado por uma camponesa propensa, desde sempre, a intelectualidades.

Desejaria pensar que não há mistério no fato de ótimo emprego ter se oferecido para mim logo no dia seguinte à vinda para a metrópole e acreditar sem qualquer dúvida que foi por exclusivo merecimento que subi tão rápido os degraus até tornar-me gerente.

Anseio por me livrar da sensação de que alguém que não vejo move meus braços e pernas através de cordões – e diverte-se comigo.

Por que, ao invés de júbilo, sinto-me atormentado com a confirmação da gravidez? Quem é este louco dentro de mim que fica a dizer-me que a criança será uma menina que, muito cedo, muito antes do que deveria, irá menstruar, intumescer os seios, irá fixar-me com seus olhos verdes e, deles, não haverá prece que me salve?

De onde vem essa certeza sobre a tecelagem do mal?

Obceco-me recordando as rugas formadas pelo sarcasmo no canto dos lábios do pai da menina. Naquela noite, duvidei de minha percepção. Por que insisto em dizer-me que era verdadeiro o que pensei ter visto?

Enxergo e torno a enxergar a mulher nua – minha mulher – correndo pela estrada e os dois vultos que, por um instante, julguei entrever em perseguição a ela. As perguntas mais absurdas não cessam de me esgotar.

Sonhei todas as últimas noites com células multiplicando-se no ventre de minha mulher. Ouço gemidos, gargalhadas, caminho pelo interior de seu ventre, como se fosse uma caverna. Sinto seres invisíveis à minha volta, formando com seu hálito o embrião da menina. Dentro do sonho, penso que estou dormindo. E lembro que, ao meu lado, dois olhos permanecem abertos.

Por que escrevo? Não tenho esperança de que isso me ajude a entender. Talvez nada exista para ser compreendido, não pode ser iluminado o que está além da razão. Talvez eu apenas deva deixar-me ir.

Talvez não seja eu quem escreva. Apenas cumpro o que determina alguém que pressinto, mas não distingo. Uma voz pergunta "e o padre, onde o abandonaste?". Ouço gargalhadas. Misturada a elas, a voz prossegue, "onde o abandonaste?".

NA VERDADE É ISSO AÍ, Ó

— É o seguinte, ó, a mulher nasceu índia. Entendeu?
— Não.
— Não... o quê? Ela era índia quando nasceu no Paraguai, entendeu?
— Ela deixou de ser índia?
— Não, não é isso, cara, é que... Não, espere aí. Até que é isso daí. Pensando bem, ela deixou de ser índia, entendeu? É, é isso, ela agora não é mais índia, entendeu?
— Não.
— Ó, é o seguinte. Ela nasceu índia guarani, certo? Aí, no povoado perto de Assunção, onde nasceu, ela falava guarani. Isso quando era pequena, porque era a língua que falava a família dela, entendeu?
— Sei.
— Boa, boa. Daí, ainda criança, ela foi para Assunção. Tipo, assim, com a família dela, entendeu? Eles foram procurar emprego, fazer bico. No povoado, a vida deles era ralada, entendeu?
— Sei.

— Pois é, daí, em Assunção, ela aprendeu espanhol. Aprendeu e não aprendeu, dá para entender como é?

— Mais ou menos.

— É tipo assim, cara, ela ficou pouco tempo na escola, certo? Aprendeu foi na rua e na rua falavam uma mistura de espanhol com guarani, entendeu?

— Acho que sim.

— Pois é, daí ela nem aprendeu espanhol e meio que esqueceu o guarani, entendeu?

— Como é que é?

— É assim, ó. Ela não continuou vivendo no meio dos guaranis, certo? E a família dela também começou a falar na língua misturada, entendeu? E depois ela foi morar no Brasil. Só ela. Tipo adolescente, entendeu?

— Mas o que ela foi fazer no Brasil?

— Sei lá, cara.

— Como não sabe?

— Ó, é o seguinte, é assim. Saber, eu sei, entendeu? Não sei são os detalhes, certo? Em Assunção, ela trabalhava como doméstica. E um patrão andou querendo se engraçar com ela, entendeu? Daí, ela foi para o Brasil ver se tinha algum outro tipo de emprego. Você sabe como é, cara. É fronteira. Um monte de gente vai para um lado, um monte vai para o outro. Entendeu?

— Sei.

— Pois é, então. Daí, ela era adolescente, certo? Nem ficou muito tempo em Mato Grosso, não tinha o que fazer, era igual ao Paraguai, entendeu? Daí, ela foi para São Paulo.

— Sei. E falava alguma coisa?

— Uma mistureba braba de um pouco de português

com o rolo que ela sabia de espanhol com guarani. Igual a um monte de gente que mistura tudo, sabe como é?

— Sei. Quero dizer, acho que sim.

— É isso aí, cara. Daí, ela foi para São Paulo ver se dava sorte.

— E ela deu?

— Deu, deu. Quero dizer, não muito. Ela... O que foi mesmo que você perguntou?

— Ela conseguiu se arranjar em São Paulo?

— Mais ou menos. Tipo assim, ó, ela conseguiu emprego como doméstica.

— Mas não era isso que ela fazia em Assunção?

— Era. Mas é melhor ser doméstica em São Paulo do que em Assunção.

— É?

— É, sim, cara. É claro que é. Entendeu?

— Olha, eu não sei.

— Pô, cara, é claro que é. Em São Paulo, tinha muito mais opções, entendeu?

— Sei.

— Pois é, é isso aí. Daí, ela passou um tempo em São Paulo e engravidou, certo?

— Sei, sei. Engravidou. E aprendeu a falar português?

— Mais ou menos. Pouco, entendeu? Até foi também por isso que ela resolveu vir para cá, entendeu?

— Não.

— Ó, é o seguinte, cara, é assim. Ela ganhou um filho e não tinha como criar, certo?

— Mas ela não tinha melhorado de vida?

— Tinha, cara, tinha. Até era isso aí, era. Mas não muito. Entendeu? E com o filho ficou mais difícil, certo? Daí, ela não tinha ninguém, o pai da criança sumiu, entendeu?

— Sei.

— Pois é, aí ela ficou pensando que aqui era melhor, que nem nós. E ela não tinha como cuidar da criança. Certo, cara?

— Certo.

— É isso aí. Pois é, então. Daí, ela deixou o menino numa instituição, certo? Para ser adotado, entendeu? Daí, ela veio para cá porque todo mundo fala que, lavando pratos, aqui dá para juntar dinheiro. Daí, ela pensou em juntar bastante e um dia voltar para o Brasil e pegar o filho de volta, entendeu?

— Entendi. Mas não poderia ter deixado o menino com a família em Assunção?

— Não, cara, lá todo mundo continuava na pior. E ela já tinha se desligado deles. Mal sabe escrever uma carta e eles não sabem ler, entendeu?

— Sei.

— Pois é, então. Daí ela veio para os Estados Unidos, certo?

— Certo. Já estou adivinhando, entrou pelo México como clandestina. Não foi?

— É isso aí, cara. É isso aí. Tipo, assim, foi mais difícil para ela do que para nós, entendeu? Daí, ela foi para Miami e se deu mal, certo?

— O que aconteceu?

— Muita confusão, colônia latina mui caliente, entendeu?

— Sei.

— É isso aí. Daí ela veio para Nova Iorque, certo?
— Certo.
— Então, aí você já sabe como são as coisas, não é? Ela ficou fazendo faxina, certo? Até ganha melhor, mas não o suficiente para juntar dinheiro. O sonho aquele de pegar o filho de volta foi pelo ralo, entendeu?
— Sei.
— É isso aí, cara. E aí a gente chega ao ponto em que eu quero chegar, certo? Ela não consegue aprender inglês porque não sabe espanhol nem português, entendeu?
— Como é que é?
— Ó, é o seguinte, ó, cara. Pense bem. Como é que um nenê aprende a falar?
— Hã?
— É isso aí, cara. Um nenê aprende a falar a partir de coisa nenhuma porque é um nenê, certo? Mas quando o cara é adulto ninguém fica falando com ele como se ele fosse um nenê, entendeu? Daí, ele só consegue aprender uma língua nova porque já sabe outra, entendeu?
— Sei. Entendi.
— Isso, isso daí. Ela não aprendeu português porque não sabia espanhol, certo? E não aprende inglês porque não sabe português nem espanhol, entendeu? E o guarani, que ela esqueceu, não serve para nada, entendeu?
— Coitada.
— Isso aí, cara. No fundo, ela até sabe um monte de um pouco de cada coisa, mas é como se não soubesse nada, entendeu?
— Eu acho que...
— É isso aí, cara. Maior solidão. Ela não consegue

conversar com ninguém. Com ninguém. Ela vive na multidão e não consegue conversar com ninguém. Só um pouco comigo, certo? É só o básico que ela fala e entende, entendeu? Mais na mímica do que na palavra, entendeu?

— Sei. E você quer ensinar inglês para ela? Olha, eu posso ajudar, viu? Não me leve a mal, mas o seu inglês é meio ruinzinho.

— Ensinar? Não é isso, cara. Até pode ser, pode ser. Até pode. Mas o que eu quero mesmo é... Pare aí, pare aí. Vamos por partes, certo?

— Tudo bem.

— Tem o sonho dela, entendeu?

— O sonho de pegar o menino de volta?

— Não, cara. Não. O sonho que ela sonhou dormindo.

— Ah, é. Você falou alguma coisa no telefone. Olha, a gente não pode continuar essa conversa outra hora? Eu tenho que ir controlar o pessoal na cozinha.

— Pare aí, cara. É só mais um pouco. Já estou chegando ao ponto, certo?

— Certo.

— Pois é, então, cara. Olhe só que loucura. É assim, ó. Era um edifício sem fim, certo? O edifício não tinha fim, entendeu?

— Não sei se entendi.

— Pois é, olhe só. Quando ela subia um monte de andares, tinha mais um monte para cima. E se ela subia mais, tinha mais ainda. Não acabava nunca, entendeu? A mesma coisa para baixo. Entendeu?

— Que coisa louca. Bom, é coisa de sonho, não é? Sonho ou pesadelo?

— É isso aí, cara. É isso aí. E caminhando no mesmo andar, pelo corredor, também não tinha fim. Um corredor saía em outro corredor, em outro corredor, em outro corredor, em outro corredor, em...

— Certo, eu já entendi. O edifício não tinha fim, certo?

— Certo, cara, é isso aí, entendeu? O edifício não tinha fim, que loucura.

— É, é louco mesmo. Não tinha porta de saída, é isso?

— Não tinha, cara. Nem porta de saída, nem porta de entrada, entendeu?

— Sei, sei. E janelas dando para a rua?

— Cara, nadinha. Olha só a loucura. As janelas davam para outras salas, quartos, escritórios. E isso não terminava nunca, entendeu?

— Que coisa. Bom, ainda bem que foi só um sonho, não é mesmo?

— Pois é, cara, só que ela ficou com esse sonho na cabeça, entendeu? Ela fica pensando nele, certo? E a coisa aquela acontece quando ela sobe no elevador.

— A coisa aquela? Que coisa?

— Eu não falei no telefone?

— Não, acho que não. Eu... acho que não prestei atenção.

— Pois é, cara, é o seguinte, ó. Presta atenção. A coisa é assim, ó. A mulher fica pensando no sonho quando sobe no elevador. Nos dois elevadores, entendeu? Todos os dias, entendeu?

— E daí? Ela está ficando louca, é isso o que você quer dizer?

— Não, cara, não tem nada disso. Ó, cara, preste atenção. Todo dia, ela pega o primeiro elevador no térreo, certo? É um dos elevadores que só param acima do quadragésimo andar e vão até o cinquenta e dois, entendeu? Aí, no andar cinquenta e dois, ela caminha até o saguão, onde pega um dos elevadores que vão até os últimos andares, entendeu? Daí, ela desce no setenta e cinco, certo?

— Certo. Mas, e daí?

— Preste atenção, cara. Daí, no setenta e cinco, ela vai até uma das centrais de limpeza e pega o aspirador, a vassoura e a tralha toda para fazer a faxina nas escadas de dez andares, entendeu?

— Sei. Mas e a tal coisa que você falou que acontece no elevador?

— Pois é, cara. É o seguinte. Todo dia, ela confere o tempo que leva para subir do térreo ao cinquenta e dois, parando só a partir do quarenta e um, entendeu?

— Sei. E daí?

— Daí que ela sabe que isso nunca leva mais do que quatro minutos, entendeu?

— Sim, sim. Mas e daí, pô?

— E daí que ela também confere o tempo no segundo elevador e sabe que demora três minutos para descer no setenta e cinco, entendeu?

— Ainda não entendi aonde isso vai chegar.

— Ó, preste atenção. Quatro mais três, sete. Certo?

— Cara, estou começando a perder a paciência.

— Pare aí, cara. Sossegue. Ó, preste atenção. A coisa é que ela vai cada vez mais longe, entendeu?

— Vai cada vez mais longe? Mais longe para onde? Não é nos mesmos andares que ela desce sempre?

— Os mesmos, cara. Os mesmos. Aí é que está a coisa. Ó, preste atenção. Ela vai cada vez mais longe é no sonho, entendeu? Em cada elevador, ela fica se imaginando de novo no sonho, entendeu? E o que acontece, cara? O que acontece?

— Não sei, você é quem está contando.

— Acontece que ela vai cada vez mais longe, cara. E demora mais, entendeu? Demora mais, cara. Ela sobe e desce mais escadas no edifício do sonho. Abre mais janelas que dão para outras salas e quartos, entendeu? Anda por corredores que vão levar para outros corredores, entendeu? Ela vai cada vez mais longe no edifício do sonho. E demora mais, certo? Ela fica mais de uma hora dentro do edifício sem saída, entendeu? Uma hora, duas horas, três, ela fica cada vez mais, entendeu? E aí, quando olha os relógios nas portas dos elevadores, qual foi o tempo que demorou para chegar aos mesmos andares de todos os dias, cara? Os quatro minutos e os três minutos de sempre. Entendeu, agora?

— Eu...

— É isso aí, cara. É isso aí. Agora, você captou a coisa, entendeu? Não é uma loucura, cara? Não é uma loucura?

— É, é uma loucura. Foi o que eu falei antes.

— Não, cara, não é esse tipo de loucura que você falou. Essa mulher, tipo assim, ela se conectou num lance, entendeu?

— Eu acho que...

— Olhe só, cara. É uma loucura do tipo boa, entendeu? É do tipo, assim, de quem subiu para outro plano, entendeu? Essa mulher fez uma dobra do tempo na cabeça dela. É uma viajante mil anos-luz na nossa frente, entendeu?

— Olhe, agora eu não entendi mesmo.

— Cara, é assim, ó. Essa mulher se plugou num atalho mental, mas ela ainda não sabe. Tipo, ela é uma mensageira do potencial humano, entendeu? O tempo no elevador é o mesmo, mas na cabeça dela ele se estica, certo?

— Mais ou menos.

— Pois é, cara. Daí é assim, o tempo vai esticar tanto que vai furar o espaço, entendeu? Aí, sabe o que é que acontece?

— Não faço ideia.

— É a saída do edifício, cara. É tipo física quântica dentro da cabeça, entendeu? Einstein, cara. Essa mulher é gênio. É por isso que ela não sabe língua nenhuma e sabe todas, entendeu?

— Escute, uma pergunta. Como é que você sabe tudo isso sobre ela?

— Eu falei para você no telefone, cara. A gente compra pão na mesma padaria, entendeu? Daí, eu fui me ligando que ela é ligada, entendeu? É uma coisa que se sente, certo? Daí, ela foi me falando.

— Em que língua?

— Em língua nenhuma, cara. Não é uma loucura?

— É, é muito louco mesmo.

— É muito pirado, cara.

— É, sim. Piradésimo.

— É isso aí, cara. Ela falou uma palavra em cada língua e fez um monte de mímica. E eu entendi tudo, cara. Tudo.

— Sei.

— É isso aí. E olha só. Ela nasceu índia, certo?
— Certo.
— E ficou numa pior, certo?
— Confere.
— Pois é, cara, então. Ela nasceu índia e deixou de ser porque não lembra mais como é que se fala na língua dela, certo?
— Se você está dizendo.
— Pois é, cara, mal lembra de nada, certo? A cabeça dela é uma confusão, entendeu?
— Sei.
— Ela é coisa nenhuma, certo? Nem índia, nem paraguaia, nem brasileira, nem americana, certo?
— É, pode ser.
— Pode ser, não, cara. Ela é. Ela não é nada. Ela é nada. Entendeu?
— Eu...
— Pois é, cara, é isso aí. Ela é coisa nenhuma e é tudo, entendeu? É quântico, cara, entendeu? Do vazio nasceu o salto.
— Salto?
— É, cara. O salto. O pulo. A decolagem. O salto, entendeu? Ela encontrou a resposta e ainda não sabe. Mas vai entender, entendeu?
— Olhe, eu...
— Ó, é o seguinte, ó, cara. De repente, ela vai entender e vai começar a falar em todas as línguas. Está tudo dentro da cabeça dela, entendeu?
— Você quer dizer...
— É isso aí, cara. É isso aí.

— ... que ela vai falar com fluência nas quatro línguas? Assim, de repente?

— Vai ser uma loucura, não vai? Você entendeu o lance, cara? Entendeu?

— Puxa, que coisa. Cara, diga uma coisa para mim. Você acredita mesmo nisso? Ou é linguagem figurada que você está usando?

— Cara, talvez sim. E talvez não, entendeu?

— Meu, talvez sim ou não o quê?

— Cara, é assim, ó. Quem diz que não vai dar um clique na cabeça da mulher e ela não vai passar a falar fluente nas quatro línguas que estão lá no fundo, na cabeça dela?

— Você não acha isso um absurdo sem tamanho?

— Acho, cara, acho. Se você quer que eu diga que acho, eu digo. Certo? Eu digo que é isso aí que você falou, linguagem figurada. Certo?

— Certo.

— Ou talvez não, entendeu?

— Cara, vamos fazer o seguinte, vamos ficar com o talvez sim, está bem? Explique para mim como é essa linguagem figurada que você está falando.

— É assim, ó, cara. Você pode entender todas as coisas ao contrário. Como nos sonhos, entendeu?

— Não.

— É assim, ó. Quando eu digo que ela vai falar em todas as línguas, você pode entender que ela vai ser ouvida em todas as línguas, certo?

— Como assim?

— Assim, cara. Ela se comunicou comigo, certo?

— Certo.

— Pois é, então. Daí, não é como se ela tivesse encontrado a saída do edifício do sonho? Só que ela ainda não entendeu, certo?

— É, pode ser. Mas...

— Daí, eu posso fazer ela ser ouvida por um monte de gente, entendeu?

— Você pode? Acho que eu não...

— Cara, eu posso. Eu posso, cara. É aí que eu entro nessa história. E você também.

— Eu? Como assim?

— Aquilo que eu falei no telefone.

— Olhe, naquela hora em que você telefonou, eu estava falando com o pessoal da limpeza e não escutei metade do que você falou.

— Tudo bem, tudo bem. Ó, é assim, ó. Eu chamo o Fabinho, o Barata e a Joice, entendeu? Eu escrevo o roteiro e dirijo. O Fabinho, você sabe, mexe bem com a câmera. O Barata e a Joice arrumam as locações, cuidam da luz, fazem a produção, entendeu? E você dá o dinheiro, entendeu?

— Pare aí, eu faço o quê?

— Você financia o filme, cara.

— Filme? Mas de jeito nenhum. De jeito nenhum, mesmo.

— Calma, cara. Calma. Não se estresse. Olhe só. Você sabe aquele filme, não sabe? A história d'*A bruxa de Blair*, cara. Você viu comigo e com a Joice.

— Sei, e daí?

— Daí, cara, pense bem. Produção baratíssima, filme feito em casa por uma meninada esperta. Com o nosso é a mesma coisa, entendeu? É pouca grana. A história é que vai bombar, entendeu? Você vai receber muito mais do que emprestou e ela vai encontrar o Messias.

— Messias?

— O filho dela, cara. Olhe, anotei o nome da instituição em que ela deixou o filho e fiz uma investigação, entendeu? O menino ainda está lá, em São Paulo. Tem três anos. O Messias, entendeu?

— Olhe, cara, será que não dava para...

— Não, não, cara. Olhe só. A gente faz o filme, conta a história toda. Você primeiro solta a grana. Depois, recebe mais do que emprestou. Eu inicio minha carreira de diretor e todo mundo vai ficar conhecendo essa mulher. E ela vai buscar o Messias.

— Olhe, eu...

— Não, cara, olhe só. Confie em mim. Eu sei o que estou fazendo, entendeu? Não esqueça que estudei comunicação, hein? Lembra? Eu estudei comunicação, certo?

— Mas isso foi lá no Brasil e você largou o curso na metade.

— Pô, cara, mas eu passei pela coisa, entendeu? Assimilei um monte, entendeu? E larguei porque o curso era uma bosta. Mas valeu, entendeu? E o que vale é que eu sempre continuei ligado no lance. Estudando. Pesquisando. Certo?

— Olhe, você me perdoe, mas não vou entrar nessa.

— Como não, cara? Você é o único da turma que se deu bem e pode soltar a grana para fazer o filme. Olhe só, você deu sorte e...

— Pare aí. Sorte, não. Eu trabalhei muito, cara. Você

esqueceu? Não lembra mais das caixas de verduras que eu carregava de madrugada e...

— Tudo bem, cara. Tudo bem. Desculpe. Desculpe. Falei errado. Você ralou um monte, sim. Fez tudo certinho. É isso aí. E se deu bem, certo? Mas é isso aí, cara. Você realizou seu sonho. Deixe eu realizar o meu. E realizar o sonho dessa mulher, entendeu? Você já realizou seu sonho, cara.

— Não chega a ser um sonho ter uma pizzaria no Bronx.

— Como não, cara? Você está realizado, cara. Quantas pessoas você emprega aqui?

— Só oito, cara. Você está sempre delirando, não é? Achou que eram quantas? Trinta?

— Tudo bem, cara. É menos do que pensei. Mas você está por cima, entendeu? E pode bancar o...

— Não, não posso. Olhe, preste atenção. Deixe eu falar. Por que tem que ser cinema? Por que você não faz uma reportagem de cinco minutos e manda para uma televisão brasileira? Se passar na tevê, as pessoas podem se comover, iniciar uma campanha para ajudar a mulher e...

— Não, não, cara. Você está viajando, cara. Olhe só. Igual a essa mulher tem milhões, você não sabe disso? Por que alguma televisão iria se interessar por essa reportagem? Por que o mundo iria parar para ajudar essa mulher e não qualquer outra pessoa entre as milhões iguais a ela? E eu, cara? O que eu ganharia com isso? O diferencial está na arte que eu posso fazer em cima da história, entendeu? Está na coisa aquela que acontece todos os dias no elevador, entendeu? Olhe só, cara. Olhe só. O filme vai começar assim. Close na cara dela, daí...

— Olhe, meu, desculpe interromper você, mas não vai dar. Eu tenho que...

— Não, cara. Não, cara. Você tem que me ouvir. Você ainda não compreendeu o lance, a profundidade da coisa. Olhe, cara, olhe só. Eu vou explicar de novo. Visualize o lance. Assim, ó. Close na cara dela. Daí, ela olha para um corredor sem fim, entendeu? Daí, tem o primeiro flashback. Ela era índia quando nasceu, certo?

NIHIL

Ontem, depois do escritório, não voltei de carro para casa, como em todos os dias. Caminhei por ruas distantes, para o lado do porto antigo e desusado. Queria ver as prostitutas feias, de tetas despencadas, oferecendo o seu comércio pelas ruelas. Queria sentir o cheiro de mofo dos prédios.

Inalei com força o ar tornando-se frio, achei que havia algo naquele ar, como se fora uma bebida forte. Ignorei a prostituta de cabelos pintados de vermelho e com a trilha branca das raízes aparecendo no centro da cabeça, a mulher me chamando para o interior escuro de uma antessala divisada pela porta entreaberta. Eu estava atraído era por esse algo que aspirava do céu cinza ficando negro.

Encontrei o nome escrito com letras apagadas em cima de uma porta: Bar Nihil. Não sei dizer como reconheci de imediato que estivera por toda a minha vida à procura desse lugar. Do mesmo modo, soube que a mesa, no canto, estava desde o início dos tempos reservada para mim. A ideia veio assim que sentei e não lhe opus resistência: absinto, a bebida maldita, memória de algum conto ou romance, jamais conhecida por meu paladar. A garrafa e as horas diante de mim num recinto afundado em penumbra.

Já estive antes aqui, disse para mim, com voz surda, acordando de repente. A garrafa, faltando alguns goles para estar vazia, continuava posta sobre a mesa. Já estive antes aqui, não sei quando, nem como, repeti, pensando nas pessoas que morrem dormindo.

Já estive antes aqui, tornei a declarar-me e, desta vez, não vou conseguir fugir, completei o pensamento, sentindo um gelo que tanto entrava pela pele para dentro dos ossos quanto brotava deles e se irradiava pelo corpo.

Desta vez, não vou voltar para a minha vida, estou em queda, indo embora para sempre, pensei quase indiferente, talvez narcotizado pelo gelo ou por alguma coisa espessa, indeterminada, suspensa no ar.

Havia um foco de luz fraca, atrás de mim, no fundo do recinto. As janelas à minha frente refletiam apenas um brilho difuso em seus vidros escurecidos. A rua do outro lado das vidraças era a massa informe dos prédios que eu mal vislumbrava e nem fazia questão de ver. Talvez chovesse, era algo parecido com chuva o que cheguei a vislumbrar na atmosfera obscura, e assemelhava-se a água caindo o que eu escutava. Não podia ter certeza, parecia ter chumaços grossos de algodão enfiados nos ouvidos.

Notei que próximo à porta, entre as janelas, estava sentado um homem. Corpulento, cheguei a distinguir no escuro, perguntando que importância poderia ter se era forte ou fraco o homem junto à porta. Um ruído abafado de metal fez-me virar a cabeça para o fundo do bar.

Discerni outro vulto atrás do balcão. Mexia em objetos que não divisei quais eram, nem me interessei em saber. Queria continuar mergulhando para dentro do meu enjoo e para dentro de pensamentos que pareciam sussurros tomando conta de mim. Ainda percebi um movimento à minha direita. Próximo à parede oposta, estava outro homem, também sentado a uma mesa, olhando para mim. Não atinei como consegui enxergar com clareza seu rosto, como se o foco de luz, por algum capricho, banhasse apenas a sua face. Senti aversão imediata a ele. A única coisa que poderia me tirar do torpor seria aquele rosto, que parecia me inquirir, confiante em demasia, invasor. Desviei o olhar, apontei meu queixo contra o peito e assim permaneci, preso em meus pensamentos. De quando em quando, voltava a cabeça para as janelas e para o primeiro vulto que avistara junto à porta.

Eu tinha a vaga noção de que continuava em queda, para o ventre de algo indiscernível. Absorvia-me em pensar dilemas, fracioná-los, multiplicá-los, ampliar cada uma das frações e de novo fazê-las em pedaços. Eu me absorvia com cada um dos pedacinhos dos problemas que inventava. Eu me absorvia com preocupações tão estranhas que nem saberia dizer quais eram. A mim importava, apenas, continuar mergulhando para dentro dessas preocupações.

Então, transformei-me em dois. Um continuava sentado, queixo afundado, a testa quase encostada à mesa. O outro (eu mesmo?), apenas algo incerto como um ectoplasma suspenso no ar, atravessado pela atmosfera espessa. Libertava-me? Isso poderia ser um alívio, mas um interno alarme dizia-me que poderia ser o início do meu definitivo apagamento. Via o conjunto do recinto, observava a mim mesmo sentado à mesa e via aquele outro, que me causava aversão, olhando para mim.

Esse eu incorpóreo e frágil podia agora saber o que eu, sentado à mesa, não alcançava saber. Podia saber que aquele homem de olhar inquisitivo levava sobre mim as vantagens de sua poderosa audição, capaz de escutar o coração dos outros mesmo à distância, e de seus dons premonitórios.

Sentado à mesa, atordoado pela náusea, olhava por vezes para as janelas e para o vulto junto à porta. Pensava que éramos quatro seres humanos no recinto. Agora, esse eu, o segundo, podia saber o que o homem do outro lado sabia. Eu discernia os vultos, seus gestos lentos. O outro homem sabia que apenas nós dois estávamos vivos. Dos outros, não escutava os corações batendo.

O mais corpulento dos sombras permanecia sentado junto à porta, a poucos passos de mim. Se não estivesse tão absorvido em minhas preocupações, talvez houvesse desconfiado que não era para a escuridão da rua que ele olhava através da janela, mas para o meu fraco reflexo na vidraça. O outro sombra continuava atrás do balcão, fazendo raros movimentos. O homem que me observava sabia das intenções dos sombras, mas, mesmo com seus dons, não chegava a decifrar suas estratégias e poderes. Estariam tão confiantes que deixavam o tempo ir escorrendo lento, saboreavam por antecipação o festim? Ou demoravam-se porque não tinham a certeza de que subjugariam o homem desperto? Minha tênue consciência flutuante ligava-se em parte aos pensamentos do sensitivo. Ele cogitava que, se mantivesse o disfarce da ignorância e se dirigisse para a rua, talvez o sombra guardião da porta não lhe barrasse a saída. Sua partida poderia ser conveniente para os demônios. Abandonado, estaria além de meu alcance resistir a que terminassem de drenar minha vida. Ele me observava. Perdido em minhas aflições, não voltava meu rosto para seu olhar inquisitivo. Ele cogitava se poderia partir. Não tinha certeza se o demônio junto à porta permitiria. Sua outra alternativa seria deixar o tempo escorrer. Talvez a imobilidade nos levasse, pesada, a descobrir que haveria um amanhecer para a rua além das vidraças, pessoas retornariam às calçadas. Talvez a própria esperança na espera fosse uma resistência, um elo silencioso estabelecido entre nós dois, um elo do qual apenas ele estaria sabedor. Sondava-me à distância. Tentava penetrar em meus pensamentos. Eu, sentado à mesa, inconsciente de sua tentativa, absorvido em dilemas, encerrado em aflições.

Eu, duplicado, interposto entre eu e aquele outro. Eu, orando para que eu olhasse para o estranho que tanta aversão me causara.

A oração iniciou baixinha. Avolumou-se. Tornou-se correnteza.

Frágil e incorpóreo, atravessado pelo ar espesso, eu berrava, chorava, fazia estremecer a atmosfera pesada como jamais acreditara que minha vontade pudesse rugir.

Não sei se aquele lugar continua lá, na rua distante. Sei que aqui estou, em casa. Meus dois eus e o estranho invasor tornaram-se um. Não me pergunto se algum dia entenderei o mistério. Aceito a felicidade.

PERMANECENDO

"Olha", ele indicou com um movimento do queixo para o alto. Eram patos em formação de V, chegando do sul e trazendo o início do frio. Acima deles, nuvens deslizando velozes, rosadas pelo poente. "Todo o céu em movimento", a voz rouca não necessitava de outra resposta além de minha cabeça voltada para a altura, silêncio de árvores e nuvens. Permaneci assim, o pescoço esticado para o céu aliviava o princípio de incômodo por estar com a cabeça durante meia hora virada um pouco para trás e para baixo, passeando os olhos entre as raízes salientes da figueira. Ele me pediu para voltar à pose antes que o sol findasse.

Fechei os olhos, e o novelo em ziguezague das raízes permaneceu em minha visão. Assim eram aqueles dias. A umidade entrava pelas plantas dos pés, subia devagar, transformando cada centímetro do corpo em terra. Dentro de mim é que o relâmpago riscara dias antes, e as mariposas sedosas dançavam no fim de cada tarde. A superfície inteira do corpo, porosidade aberta. O suor na pele tinha o cheiro do sol do meio-dia. Para o fundo dos meus olhos fechados, onde estavam as árvores e o céu, que esse perfume escorria. O friozinho da noite chegando, o contato com a densidade de um suspiro quando a pequena vespa pousou sobre meu ombro – tudo isso eu era.

Às vezes, a súbita lembrança de que estava nua diante do velho voltava, fazendo-me sentir – estranho – um pouco de vergonha. Minha visão se deslocava. Eu podia ver como ele me via. "Faz um rabo no cabelo" – eu atendia a cada um de seus pedidos, prendia o cabelo com um laço na altura da nuca, passava um braço por sobre a cabeça e o outro por cima do primeiro, girava parcialmente o corpo para o lado do poente. Fechava os olhos. Podia ver como ele me via. O fluxo loiro dos cabelos descendo num feixe pelas minhas costas. Meus pés nascendo na relva, ramagens ao fundo, ampliando o contorno em copa dos braços.

Eu quase podia sentir o que ele sentia. A vida longa e intensa retornando inteira de uma só vez, concentrada em seus dias finais. Ele me amava do jeito que podia amar. Eu podia sentir seu cheiro de homem velho, e o cheiro do câncer lhe apodrecendo por baixo da pele as carnes, o cheiro da relva, o cheiro das flores – todo esse perfume eu era. Meu corpo rijo, meu corpo jovem, capaz de permanecer em pé e imóvel por tanto tempo, nua e outra vez e uma vez mais, nua, diante de seus olhos. Contaria no término, juntando os cadernos espalhados por seu quarto enfim desabitado, quantas vezes ele fixara minhas imagens em suas folhas. Eu o amava. Eu me amava. Como ele me ensinara a amar todas as vidas passando. De algum modo, elas permanecendo em mim.

A BOCA DO JARRO

Eu bem sabia que seu olhar não era atraído apenas pelos meus pés. Era também algo mais acima que fazia ele olhar para baixo. A areia molhada e iluminada pelo sol do entardecer refletia como um espelho embaçado, e a minha saia era curta.

Com que nitidez ele chegaria a distinguir minha calcinha entre o movimento das pernas? Tinha vontade de olhar diretamente para baixo, mas o gesto denunciaria minha consciência. Com o canto do olho, cuidava as frações de segundo em que ele desviava o olhar para o horizonte oceânico. Porém, ínfimas demais essas frações para as tentativas de verificação do que se espelhava abaixo de mim.

Pude apenas confirmar como estavam graciosos meus pés desnudos, molhados, salpicados de areia. Se contorcionista eu fora, desejaria a mim beijar desde os dedinhos, um por um, até mais para cima, devagar. A calcinha não cheguei a entrever, não era assim tão curta minha saia. Mas devia se fazer visível para ele, com segundos contínuos para olhar enviesado, até o limite de tempo em que não se tornasse escancarado que não era a areia – a areia em si, para escrever segundo jargão filosófico – que prendia seu olhar.

Eu sempre achara esse antigo professor e doutor em lógica, versado no *Tratado lógico-filosófico*, um pedante. Não seriam os evidentes sinais de estar ele possuído de fascínio pelas minhas pernas que fariam mudar meu sentimento. Mesmo fascinado, prosseguia em seu discurso. Ele sempre discursava. Sua raiva no momento era por causa do breve texto que encontráramos escrito na areia, um quilômetro antes, no início de nossa caminhada.

CORPO E MENTE
A menor distância entre dois pontos
é a sobreposição completa.

Encontráramos título e frase na areia no instante em que ele acabara de afirmar que sempre se deve exigir que o enunciado seja dito com exatidão, e que calemos sobre aquilo do qual se diz que não há como enunciar precisamente. "Viste? Viste?", inquiriu-me com voz estridente, "aí está um exemplo de construção que não se sustenta, o que estaria tentando dizer a pessoa que escreveu isso?".

"Que corpo e mente são um só, e dois", respondi. "Viste? Viste?", repetiu com a voz um pouco menos aguda, olhando-me desconfiado, tentando ler em meu rosto se eu falara com ironia. "Esse é o tipo de discurso impreciso ao qual se deve renunciar, a falsa questão por ti agora sugerida, a suposta dualidade entre mente e matéria, só existe como jogo de linguagem", concluiu, elevando a voz e vigiando minha reação.

Contestei-lhe observando que a própria possibilidade de fazer jogos de palavras é a evidência de que a questão não é apenas um jogo de palavras. "Por que não? Por que não?", ele exclamou, e pôs-se a emendar uma trilha comprida de argumentos gritados em voz rápida, como se isso pudesse abafar sem fim minha réplica. Divertido notar que se atrapalhava enquanto continuava mirando a areia que me espelhava e, ao mesmo tempo, tentava dar uma aula de lógica.

"Tem mais alguma coisa escrita ali", eu apontei para uns metros adiante, consciente de que, naquele segundo, seu olhar fixara-se no contorno de minha axila retesada pelo braço esticado, numa gotinha de suor marcando minha pele dourada.

O TODO E AS PARTES
Antes do segundo e depois do primeiro
são três: um, outro, e os dois.

"Estás vendo? Alguém metido a filósofo anda por aí, pensando que diz muito com essas pretensas sínteses com ares de dialética", comentou enquanto semicerrava os olhos em direção ao horizonte da praia, buscando enxergar o autor das frases, que poderia estar caminhando adiante. "Não duvido que seja algum estudante tolo, tive muitos alunos assim", murmurou mais para si do que para mim.

"Acho que é uma mulher", eu apontei as pegadas na praia. "Sim, uma mulher", ele aquiesceu e se calou por instantes, absorvido na contemplação das pegadas. Uma mulher de pés lindos, pensei, apreciando a harmonia dos tamanhos decrescentes dos dedinhos, as sinuosidades das plantas impressas na areia. Notei sua menção de virar-se para trás, querendo comparar minhas pegadas com as que prosseguiam à frente, porém se conteve ao perceber que eu percebera.

"Por que esse pequeno texto é uma síntese apenas pretensa?", chamei o lógico, que voltara a fixar seu olhar no horizonte. Ele virou para mim atônito. Sempre se espantava quando eu ousava contestá-lo. "Pensemos bem", prossegui, "encontramos dois textos, e uma coisa é o primeiro, outra coisa é o segundo, e uma terceira coisa são os dois juntos".

"Unidos pela nossa caminhada", completei, diante de seu silêncio.

"Bobagem", ele se recompôs. "Podem ser frases sugestivas, engraçadinhas, mas sugestivas de qual enunciado precisamente?". Meu suspiro exalado em direção ao céu não o impediu de prosseguir. "Esse é o limite da poesia, da literatura, compreende?", inquiriu-me em tom de triunfo. "Sua linguagem é metafórica, apenas transfere de uma frase para a frase seguinte e assim por diante a promessa jamais realizada de com exatidão..."

"Acho que tem outro textinho lá", interrompi seu discurso, indicando um grupo de pessoas que, distantes, pareciam estar reunidas em torno de algo na areia. "Vamos?", eu lhe convidei, retornando à caminhada, e ele, lógico, retomou seu discurso: "... incapazes de distinguirem a distância entre a objetividade e a crença, e estabelecerem a verdade sobre os fatos, pois toda sua abordagem dos fenômenos é apenas subjetiva e..."

"Mais ou menos como duas pessoas", interrompi-lhe outra vez. "O quê?", ele perguntou um tanto perplexo, irritado com a aparência desconexa de meu comentário e por não permanecer escutando calada. "Esse segundo texto", expliquei. "Uma coisa sou eu, outra coisa é o outro, e uma terceira coisa é que eu e o outro existimos em relação um ao outro, o que abre para o infinito. Quero dizer, depois do três, vêm os outros números".

Ele ficou em silêncio por instantes. Tive a certeza de que tentava outra vez ler em meu rosto se eu estava debochando. Mas ler semblantes não é ciência exata, e ele voltou aos seus argumentos.

Ouvira essa mesma explanação diversas vezes quando fora sua aluna. Aliás, ele costumava dizer que detestava estudantes de artes cursando como avulsos algumas disciplinas entre os alunos da filosofia. Atrapalhavam com suas perguntas pouco racionais. Não obstante, manifestava deferência especial por mim, já que, enquanto discursava para a turma, era para o joelho de minha perna cruzada sobre a outra que olhava.

E agora o destino – coisa em que ele não acreditava – colocara-nos como vizinhos no balneário. Naquele veraneio, já era a terceira vez que tentava me convencer de que valores estéticos, éticos e religiosos são apenas espuma soprada pelo vento.

Essa metáfora, é claro, espuma soprada pelo vento, sou eu quem a utiliza. Ele jamais a usaria. Estava justo no trecho de seu discurso em que repetia ser "impossível à linguagem metafórica veicular qualquer conhecimento genuíno sobre o mundo", quando cometi a maior das petulâncias.

"Será que é mesmo assim tão claro o que Wittgenstein formulou?", perguntei, mantendo meus olhos perdidos no oceano para fingir que não percebera os seus voltados para mim e dilatados pela ira, nem o súbito e abissal silêncio. "Então, sua ordinariazinha, como ousas duvidar de mim se jamais leste e jamais lerás Wittgenstein no original, apenas em desprezíveis traduções?", eu quase podia escutar seus pensamentos, de tão altos que eram.

Aproveitei o silencioso prenúncio da tempestade para prosseguir. "Estamos autorizados a falar que doze vezes doze são cento e quarenta e quatro. Também podemos estabelecer relações entre volume e peso a partir da quantidade de água jogada para fora da banheira por um corpo nela mergulhado. Porém, devemos fazer o favor de calar sobre o que escorrega para longe da exatidão da fórmula? Devemos, por exemplo, ter a boa educação de não especular sobre uma tolice como a existência de um inconsciente agitando-se o tempo inteiro em nossas falas? Tenho minhas dúvidas de que seja isso mesmo que fique estabelecido, de maneira inequívoca, em Wittgenstein".

Ele tentou retrucar, mas, como se engasgou logo nas primeiras palavras, continuei. "E não podemos esquecer que, após a precisão de seu discurso, parece que Wittgenstein não encontrou outro modo além da mal falada metáfora para nos advertir sobre algo, digamos, impreciso. A escada, lembra? Ele comparou sua investigação lógica a uma escada que utilizou para subir um andar, mas, uma vez alcançado o patamar acima, considerou que seria prudente recolher a escada. Recolher para não voltar? Recolher para não mais usar? Mais sugestivo do que exato, concorda?".

Sabia que algo que o irritava era, na forma de tratamento, eu jamais o ter chamado de senhor. Mas nunca, como agora, estivera escrito em sua face o quanto me julgava uma petulante detestável.

"Sabe", eu completei, mesmo receosa das consequências que as próximas palavras poderiam trazer, "a lógica é uma questão de... lógica, e não de autoridade simbólica".

"Tu não existes", ele sentenciou num impulso. "Linda, loira e inteligente?", indaguei aliviada, ao perceber em sua dúbia frase a carga de desejo que viera misturada à contrariedade, o que talvez atenuasse a explosão que me parecera iminente. "Mas, professor", emendei rápido, "que frase mais imprecisa a sua, que contradição de termos. Eu não existo? É uma metáfora? É uma crítica que o *senhor* está me fazendo?".

Atordoado com a palavra que acabara de ouvir, e pelo tom dulcíssimo com que eu a pronunciara, passou a tentar me explicar o significado da frase de escassa lógica. Divertido prestar atenção em como procurava esconder que a exclamação sobre minha inexistência deixara escapar uma expressão assombrada de seu irado desejo. Passei a caminhar mais próxima de meu adversário, roçava por vezes meu ombro em sua camisa. Olhava para seus lábios enquanto ele falava, e mais ele se atrapalhava com argumentos confusos, sequer conseguindo disfarçar a fragilidade de sentir-se obrigado a explicar-me a frase. O pobre já nem olhava para o espelho da areia, esvaía-se a tormenta que há pouco se anunciara numa torrente de frases truncadas.

Chegamos, enfim, ao próximo texto escrito na areia.

JARRO
Separa o vazio em dentro e fora.

Ele permaneceu quedo, desconsolado. Saiu do silêncio comentando com voz opaca: "Zen-budismo, agora?".

"É uma salada de frutas, não é?", respondi, com ar de solidariedade, mas sem conseguir segurar a risadinha. Não sei o que ele iria dizer, pois falei antes. "Olhe, um jarro que divide o infinito em dois não é menos exato do que uma escada que desaparece. E o bárbaro é que os dois vazios se comunicam, já que o jarro tem boca, não é mesmo?".

"E daí que o jarro tenha boca?", inquiriu-me com azedume. Dei outra risadinha, consciente das adoráveis covinhas que se formam em minha face nessas ocasiões.

"Excelente pergunta", contra-ataquei. "E daí? E daí?", repeti sua pergunta, enquanto organizava meu ataque. "Excelente, de fato. É uma pergunta sobre o sentido de um interesse. Sobre um valor subjetivo, portanto. Um valor subjetivo também de quem pergunta e não apenas de quem foi inquirido a responder. Não estará o senhor entrando num dos imprecisos domínios sobre os quais o melhor seria fazermos o favor de desistirmos de falar?".

"E tem mais uma coisinha", prossegui, cortando sua tentativa de retomar a palavra, "deve-se fazer essa pergunta, com intenção crítica, é para quem se valeu de imagens mais sugestivas do que exatas quando pretendia ser rigorosamente exato".

Convidei-o com um gesto a continuar caminhando. Ele concordou em silêncio. Eu sabia que revisava seus argumentos antes de voltar à ofensiva. Olhava para baixo tão concentrado em seus pensamentos que se esquecia de meus pés.

"Jarro, separa o vazio em dentro e fora. Tem a síntese de exatidão e indeterminação do zen. Discorda?", perguntei, cortando-lhe o silêncio.

"Discordo de que exista precisão no zen, ou em qualquer linguagem fora da ciência experimental e da filosofia positivista-lógica, e continuo afirmando que se deveria calar sobre tudo o que não é exato", ele se aligeirou em responder, retomando seu discurso, porém ainda perturbado pelos efeitos de minhas interferências. Continuei olhando para seus lábios, encostada nele, interrompendo-lhe as frases com réplicas pontuais. Ele se embaraçava na tentativa de demonstrar a onipotência de sua lógica.

Avistei, ao longe, o pequeno lago formado pelas águas da maré da noite anterior, retidas pela praia. O laguinho refletindo cristalino seria um espelho mais perturbador do que aquele embaçado oferecido pela areia.

"*Viste? Viste?* Essa é uma maneira nadinha exata de expressar-se. *Viste? Viste?*", falei olhando para o céu. Depois, olhei para meu oponente, que se calara e me observava pasmo, como se eu fora maluca. "O que foi isso?", perguntou por fim. "Estás falando do quê?".

"*Viste? Viste?* O senhor perguntou-me isso meia hora atrás. *Viste? Viste?* Isso não é uma maneira metafórica de perguntar? Eu teria visto o que se não estamos falando de objetos visíveis?".

"Está certo, falei dessa maneira, mas foi no sentido de...", principiou a responder. "Não, não. Não aceito". Eu lhe cortei. "Deve existir rigorosa coerência entre conteúdo e forma, senão o discurso desaba sobre sua estrutura falsa. O senhor não pode se afastar um milímetro de sua precisa linguagem. Não pode usar metáforas de nenhuma espécie. Não pode, por exemplo, falar em afastar-se um milímetro. Eu posso, já que esse postulado não faz parte do meu discurso. Vamos, retome seus argumentos, mas sem usar um fiapo de metáfora, sem usar nenhuma, mas nenhuma mesmo, figura de linguagem, hein? Deve também vigiar a etimologia das palavras, pois, em sua origem, podem ser palavras contaminadas. Vamos, por favor, prossiga seu discurso", concluí, reiniciando a caminhada em direção aos golpes finais contra meu antagonista.

Ele continuou tentando me convencer de que uma questão corretamente formulada sempre encontrará sua resposta e que, pela via contrária, pode-se inferir que uma resposta que jamais se alcança "denota uma indagação expressa sobre fundamentos ilusórios". Assim, questões sobre a existência de Deus, da alma ou sobre sincronicidades misteriosas na correnteza universal dos acontecimentos seriam apenas quimeras, pois "o enigma não existe, ou só existe como falsa questão possibilitada pela linguagem sem rigor".

"Enigma? Em que sentido o senhor falou em enigma? E esse sentido é um sentido para quem? Esse seu modo de falar está isento de metáforas? Por favor, examine em voz alta essa possibilidade. Explicite em que sentido mencionou o enigma e demonstre a completa ausência de paralelismos em sua linguagem. Em nenhum momento deixe de ser direto como um ângulo de noventa graus. Repito, o senhor está convocado a eliminar de sua argumentação qualquer vestígio de linguagem oblíqua. O senhor deve ser um dia inteiro o sol a pino. Eu posso ser como esse sol inclinado refletindo-se na areia".

Ele prosseguia tentando cerrar cada janela por mim vislumbrada nas fraturas que ameaçavam esfarelar o discurso que se pretendia monolítico. Eu, abrindo novas janelas em cada uma das sendas por ele iniciadas na tentativa de fechar lacunas. Eu lhe evidenciando, na prática, que sua busca pelo unívoco era oriunda de um desejo nascido de um fundo tão sem fundo quanto o abismo de qualquer outro desejo.

Seu rosto se avermelhava, empalidecia, cada palavra tinha que ser repensada, medida, posta na balança e outra vez avaliada, e eu não lhe dava tempo para isso. Seu discurso entrava em estertor por asfixia.

Onde estava a nítida linha divisória entre os desenhos múltiplos vistos nas nuvens e o enunciado suposto como de significado único? Eu lhe perguntei isso e tornei impossíveis suas tentativas de respostas, pois em todas encontrei figuras desenhadas por palavras que conduziam às nuvens.

Ele se calou. Eu aspirava o perfume do mar. Observava as aves dando rasantes sobre as ondas, grasnando, rodopiando. Felizes, pensei. Meu oponente permanecia com o queixo apontado para o peito. Agora, caminhávamos devagar, em respeito tácito à sua falta de fôlego.

Notei nele um súbito estremecimento. Acabara de avistar, enfim, o pequeno lago. Olhou com ar furtivo para mim, como que sondando se eu percebia a consequência que a continuação dos passos traria. Lembrou-se de olhar outra vez para a areia refletindo abaixo de mim, e espichou de novo o olhar para o lago tornando-se mais e mais próximo.

A um passo de invadir a rasa lâmina do lago, estacionei. "Olhe, vou dar mais uma chance para o senhor tentar me convencer. Vamos falar sobre o empírico, o sensível. Sim, isso mesmo, a sedução que a poesia exprime por aquilo que se vê, ouve e apalpa-se. Segundo o senhor, trata-se de uma linguagem incapaz de veicular conhecimento genuíno sobre o mundo". Imóvel e ignorando o suspiro que ele exalou, dei seguimento à minha ladainha, olhando em seus olhos, o que o impedia de espiar para baixo: "Mas eu lhe pergunto, este específico objeto sobre o qual estamos falando, este objeto apreendido pelos sentidos e reconstituído como objeto de sedução pela linguagem, ele pode ser veiculado com mais propriedade por outra linguagem que não a literária? E tal objeto não é um objeto relativo ao conhecimento do mundo tanto quanto aquele sobre o qual incide a descrição feita em termos de massa, volume e densidade? O que o senhor responde?".

Por certo, ele estava cansado, pois só conseguiu me retrucar com frases balbuciadas, entrecortadas por acesso de tosse, acompanhadas por gestos um tanto estapafúrdios, como se afastasse algo ou alguém inoportuno. Coçava os cabelos esbranquiçados e lançava olhares para a água, onde se refletiam apenas as nuvens e as aves loucas em seus rasantes.

Eu insistia com questionamentos e réplicas. Enveredei por perguntas com as quais o provocava a tentar me demonstrar que a elaboração lógica não está infiltrada pelo inconsciente que jamais deixa de estar emergindo desde o sem-fundo dos instintos. Eu lhe interrompia. Assinalava-lhe as fraturas em seu discurso balbuciante.

Ele calou-se por um momento, com a mão pressionada contra o alto da cabeça, como se tentasse forjar um último argumento. Mas acabou desabando o braço ao longo do corpo, mantendo-se calado, olhos fixos no lago de sua frustração. Capitulava. Porém, negava-se a declarar-me com palavras a sua rendição.

Fiquei a observar as aves. "O sol está se indo", falei após um tempo. "Olhe como o reflexo das nuvens na água está menos nítido", apontei, cuidando mais o seu olhar sem brilho do que as nuvens no espelho.

"Vamos?", eu lhe perguntei. Ele me olhou interrogativo. "Vamos?", tornei a convidá-lo, apontando para o lago e dando o primeiro passo para dentro da lâmina aquecida pelo sol.

Ainda refletia como um espelho cristalino, porém efêmero seria o prazer. Ele se apressou em tirar os sapatos e em arregaçar as pernas da calça.

Eu admirava o oceano à minha esquerda para deixar ele, do outro lado, olhar à vontade para baixo. Mas os passos turvavam a água.

Parei no meio do lago. Permaneci contemplando o mar. Ele, atrás de mim. Comentei sobre as cores lindas do céu, comentários que dispensavam respostas maiores do que uma ou duas interjeições suas em concordância com meu enlevo. Ele ficou assim, em silêncio atrás de mim, livre da vigilância de meu olhar.

Não movíamos um músculo dos pés, o lago aquietara-se, o espelho era liso, límpido, tépido.

Pela manhã, vestira calcinha branca, rendada com vazados miudinhos. Espiei meu reflexo. Minhas encantadoras formas íntimas revelavam-se mais do que apenas insinuadas sob o tecido.

Meu professor morara na Alemanha e visitava aquele país com frequência. Lá, as mulheres tomam banho de sol nuas nos parques urbanos. O que eu estava lhe mostrando era bem menos do que isso, e era muito mais.

Eu escutava o silêncio de sua respiração suspensa atrás de mim. Sabia que minhas fragrâncias tomavam conta de suas narinas, próximas de minha nuca.

"Vamos?", eu falei, virando devagar o rosto. "O quê?", ele perguntou, como se voltasse de um lugar distante, demorando a erguer seus olhos até a altura dos meus. "Vamos voltar?", eu quase ri diante de sua muda expressão de desalento.

"Olhe, professor, uma pergunta", falei sussurrando, meus lábios próximos aos seus, enquanto terminava de posicionar-me de frente para seus olhos arregalados. "Não acha que a mulher que escreveu esses textos pela areia é uma narcisista?".

"Sem dúvida, ela é", apressou-se em confirmar, continuando a fitar-me hipnotizado. "E por que o senhor tem essa certeza?", desfechei a pergunta apreciando em sua fisionomia os efeitos do meu golpe demolidor.

Ele nada respondeu. Eu podia ler sua mente nos franzidos que se formavam e navegavam por sua testa como pequenas ondas.

Como ele poderia me explicar o veredito instantâneo que acabara de proferir sem deixar exposto o subjetivismo de seu juízo? E quantas frases seriam necessárias para explicitar o encadeamento das ilações processadas num reflexo subconsciente e sintetizadas em sua sentença?

"Sem dúvida, ela é". Eu repeti a sua frase, já que continuava me fitando atônito. "Estou esperando a resposta, professor. De onde vem a sua certeza?".

Quanto tempo de exposição realizada com cuidadosa lógica seria necessário para demonstrar, passo a passo, as inferências implícitas em sua conclusão expressa em menos de um segundo? E se ele tentasse? Sabia que eu interromperia a todo instante, questionando-lhe as ambivalências das palavras escolhidas, expondo-lhe sem fim seus desvãos.

Se tentasse, muito antes, mas muito antes que concluísse, o sol e o espelho teriam se apagado. Como ler semblantes é ciência exata, pude entender sua súplica.

"Dispenso o senhor de explicar-me a lógica de seu juízo se reconhecer que a razão estava comigo em nosso debate".

Ele permaneceu calado. Julguei ter visto dois relâmpagos em suas pupilas, mas fiquei em dúvida se seriam descargas de ira. Depois, deu de ombros e meneou a cabeça. Pela primeira vez, vi seu sorriso. Parecia encabulado, como se estivesse desnudo em minha frente. Nenhuma frase seria melhor enunciado da rendição do que o seu silêncio.

Sem nada dizer, voltei a ficar de costas para ele. Comentei que as cores do poente variavam velozes, enquanto pensava, mas apenas pensava, que seria divertido perguntar-lhe em que consistia, afinal, minha vitória e sobre o que – precisamente – debatêramos.

UM PEDACINHO DO TEMPO DIANTE DOS OLHOS

1.
Órion seria visível no hemisfério sul ou no norte? Talvez a estrela vermelha no canto à esquerda do céu fosse o planeta Marte. Quem poderia saber? Eu não, nem elas. Conjecturávamos sobre humanos antigos olhando os desenhos do céu. Os desenhos sempre mudando. Algumas mudanças, perceptíveis. Outras, lentas demais para a consciência de gerações e gerações. Mais presentes a cada noite, o crepitar da fogueira, os acontecimentos do dia, a satisfação dos apetites, a vontade de fixar a brevidade sob a proteção dos desenhos do céu.

Comentei, elas concordaram, que podíamos saber alguma coisa sobre o que se especula sobre a origem e o fim do universo, mas quase nada sabíamos de seus objetos específicos. O céu, nós o achávamos deslumbrante, mas estava frio. Entramos e fechamos a porta da sacada. As duas, não sei como, sem a mediação de qualquer outro assunto, ao passarem pela porta, haviam trocado estrelas por receitas de suflês – e nem era suflê o que iríamos jantar.

Eram quiches, eu não lembrava com que verduras seriam feitos; só sabia que nem de receitas de quiches nem de suflês elas entendiam qualquer coisa. Aliás, Lara talvez soubesse, por convívio com Inocência, que estava na cozinha preparando os quiches, mas Elena Inéz Cerrolaza, com certeza, não.

Não sei como as duas trocaram os suflês pelo caderno, que estava aberto em cima do sofá. Nós o havíamos folheado meia hora antes, antes de irmos para a sacada, e, agora, Elena Inéz rodopiava de volta para a vastidão do céu estrelado, ou para um pouco menos: para o caderno cromático.

2.
A praia era a faixa de areia clara indo para onde os olhos não mais podiam alcançar, dentro da esfera do mundo, composta pela redondeza do céu e pelos horizontes remotos do mar. Havia essa esfera, e a brevidade pulsante dos pontinhos coloridos de maiôs e biquínis passando.

No inverno, a praia era a esfera imensa vazia de seus pontinhos. Os outros oitenta e sete apartamentos do hotel estavam desocupados. Estávamos ali, naqueles dias de vento açoitando a areia, que açoitava as canelas, porque queríamos esse tempo somente para nós, intervalo nas urgências dos trabalhos cotidianos.

O apartamento era aquecido, as camas com mantas quadriculadas em cor de telha e creme. Lara e Inocência misturaram porções pequenas de tinta amarela, ocre e creme numa tigela e pingaram sobre a primeira página. Uma mancha de tons outonais espalhou-se sobre a textura grossa da folha. Deixamos o caderno aberto para que a tinta secasse e fomos passear na areia. Na volta, um de nós molharia o dedo no amarelo puro e imprimiria um ponto de cor vibrante sobre a mancha. Assim faríamos durante os poucos dias passados na praia e continuaríamos na volta para casa, prosseguindo pelas páginas do caderno. A sequência das manchas tornaria-se, num tempo distante, lembrança de nossa tentativa, quando jovens, de imitar as marcas do outono.

3.
Elena Inéz pedira que levássemos o caderno para compará-lo com suas fotografias. Cada uma de suas sequências fotográficas pouco acrescenta ao que outros artistas já não tenham feito, porém, conforme o senso estabelecido por críticos e curadores, nenhum foi por tanto tempo insistente no tratamento da mesma ideia quanto tem sido Elena Inéz. Para a maioria das pessoas, o obstinado – talvez obsessivo – conjunto formado por essas sequências acaba por impregnar a cada uma com um peso que transcende os efeitos causados pelas sequências apreciadas em separado. A exposição numa grande sala da sequência da pedra, por exemplo, é considerada bem menos do que ela mesma alcança ser quando acompanhada pelas sequências do rosto, do plátano, do horizonte, da parede e assim por diante, quando ocupam a extensão maior de galerias e corredores de algum museu.

Há vinte e seis anos, Elena Inéz iniciou a sequência do horizonte. Fotografou-o em preto e branco, visto da soleira da porta da sala, em sua casa, ao norte de Barcelona. Sempre ao meio-dia. Sempre na mesma altura e ângulo, a altura dos olhos da fotógrafa, de pé, recostada no marco direito da porta. Pensou em fotografar durante um ano – registraria as variações de luz associadas às mudanças das estações e aos estados meteorológicos de cada dia. Ao fim de três dias, decidiu-se não por um ano, mas pela duração de sua vida. O horizonte, no início, era uma faixa do Mediterrâneo, ao fundo do caminho de lajotas, ladeado de árvores. As árvores cresceram, o Mediterrâneo desapareceu, escondido pelas copas. Reaparece no inverno e no fim do outono, quando, dia a dia, o olho fotográfico registra as árvores perdendo as folhas. Às vezes, o Mediterrâneo reaparece em novembro. Na maioria das vezes, somente em dezembro.

Quando ausente, Elena Inéz pediria para alguém fotografar o horizonte em seu lugar? Decidiu-se pelo não. A sequência é tanto o registro do horizonte quanto da passagem pelo mundo de sua fotógrafa.

4.
Nas galerias, as lacunas na sequência são representadas por trechos vazios nas paredes. Cada foto tem a sua data correspondente. Até a véspera de sua vinda, Elena Inéz contabilizava seis mil oitocentas e trinta e sete imagens do horizonte. Próximas de duas mil e quinhentas, as lacunas.

No mesmo ano do horizonte, Elena Inéz iniciou a pedra, o rosto e as outras imagens. A pedra é a que está até hoje, redonda e grande, ao pé do plátano. Apresenta-se menos ou mais coberta por musgos conforme as estações do ano. Há vinte e seis anos, não apresentava a fissura que vem crescendo em seu canto direito. O autorretrato Elena Inéz fotografa com a câmara automática, armada sobre o mesmo tripé e diante da mesma cadeira e do fundo de tom neutro, há vinte e seis anos. A iluminação é sempre a mesma, e igual o negro das blusas idênticas que veste para a foto. Contrariando o que de início pensara, dos trinta e nove anos aos sessenta e cinco, Elena Inéz não mudou muito mais do que a pedra.

Ao meio-dia, fotografa o horizonte. Na sequência, a pedra, o plátano, a parede externa da casa voltada para o leste, a relva, o canteiro e, por fim, o rosto.

A esses sete registros ancorados em sua casa, Elena Inéz foi acrescentando muitos, de curta duração, espalhados sobre outros temas e pelo mundo. As vinte e quatro horas da porta de uma grande loja, fotografada de três em três minutos, quatrocentos e oitenta fotos guardando a quietude da madrugada transformando-se na agitação do dia e retornando ao silêncio da madrugada seguinte. As trezentas e tantas imagens, segundo a segundo, criando quase um cinema para Alejandro Cerrolaza escovando os dentes. O machucado no joelho de uma criança, fotografado dia a dia, até que o último vestígio da cicatriz desaparecesse na extensão da pele outra vez lisinha – quatro semanas e três dias. A esquina em Bangkok, a tabacaria em Caracas, o meio metro quadrado de barro misturado com neve, marcado por passos, na calçada em Belfast – foi sempre em preto e branco e com a câmara numa posição fixa que Elena Inéz criou cada uma de suas cento e poucas sequências curtas – e prossegue as sete longas.

5.

Ela achou bonito nosso caderno cromático, iniciado num inverno dezoito anos antes e concluído alguns dias e páginas após. Não sei que comparações iria fazer, pois não as fez: Inocência nos chamou para os quiches.

Ao longo dos anos, estivemos com Elena Inéz e seu marido Alejandro algumas vezes, nas ocasiões em que eles se hospedaram no apartamento da pintora e escultora Magda Schelling, amiga e ex-namorada de ambos. Porém, na semana passada, foi a primeira vez que conversamos mais demoradamente com Elena Inéz. A reunião no apartamento de Magda e a janta preparada por Inocência foram atendendo um pedido seu – Elena Inéz gosta de sentir-se mais próxima daqueles a quem vai fotografar.

Ela perguntou para Inocência sobre a origem de sua maestria culinária. Essa pergunta levou a outras, e Elena Inéz soube que o pai de Inocência foi mecânico de aviões, hoje é dono de um estabelecimento para venda e assistência técnica de aparelhos elétricos e que, desde o tempo dos aviões, dedica-se às artes culinárias, tendo se tornado um prestigiado mestre-cuca amador.

Elena Inéz prosseguiu com suas perguntas – a mãe e a segunda esposa de seu pai, irmãos, trabalho –, queria saber acerca de Inocência e suas circunstâncias.

Chegou a mim e Lara. Sobre nós dois, Elena Inéz conversou com Inocência como se eu e Lara não estivéssemos ali. Nem Alejandro, nem Magda. Até o fim da noite, eu e Lara fomos cadernos escolares, cores, vozes, brinquedos, idades, pessoas, bichos, paisagens, desenhos, músicas, trabalhos, roupas, cenas – na memória de Inocência.

6.

Na tarde do dia seguinte, eu e Lara fomos ao ateliê de Magda, onde Elena Inéz nos aguardava. Entre Inocência e Lara, Elena Inéz escolhera Lara porque, sendo loira, seus pelos pubianos são mais claros e fariam um melhor contraste com os meus, escuros.

Lara ficou por cima, coordenando o movimento conforme Elena Inéz pedira: meu pênis entrando e se retirando lento, nem entrando de todo e muito menos se retirando por completo, de modo que a diferença de imagens alternadas entre o mais para dentro da vulva e o menos se tornasse sutil. Elena Inéz quis que o movimento tangenciasse a imobilidade do totem. Ela sincronizou seus cliques fotográficos com os movimentos de Lara – sabíamos que enquadrava tão somente a vulva e o pênis, pelos pubianos e um pouco do entorno dos ventres e virilhas. Nada além disso no campo visual de Elena Inéz, naqueles minutos e na sequência de imagens que dali resultaria.

Movimentos lentos, intervalos de quatro, cinco, seis segundos entre cada clique. Elena Inéz concebera a sequência composta pelo binário básico – um pouco mais para dentro, um pouco menos – como uma pequena eternidade, apresentada sem seu início ou fim. A melhor forma de expô-la será no interior de um espaço circular.

ROMANCE

Sanga Menor · *Cíntia Lacroix*
Enchentes · *Guido Kopittke*
Crime na Feira do Livro · *Tailor Diniz*
Moinhos de sangue · *Ana Cristina Klein*
Fetiche · *Carina Luft*
Sob o Céu de Agosto · *Gustavo Machado*
Helena de Uruguaiana · *Maria da Graça Rodrigues*
Aventuras de Tomé Pires · *Norma Ramos*

CONTO

Um guarda-sol na noite e outros contos · *Luiz Filipe Varella*
O Ideograma Impronunciável · *João Kowacs Castro*
Mar quente · *Enio Roberto*
O girassol na ventania e outras histórias · *Marco De Curtis*
Outras mulheres · *Charles Kiefer (org.)*
Contos da mais-valia & outras taxas · *Paulo Tedesco*
O quase-nada · *Valmor Bordin*
Entre sombras · *Saul Melo*
Ponto final · *J. H. Bragatti*
No inferno é sempre assim e outras histórias longe do céu · *Daniela Langer*
Daimon junto à porta · *Nelson Rego*

POESIA

Cor de maravilha · *Maria Joaquina Carbunck Schissi*
Menino perplexo · *Israel Mendes*
Leia-me toda · *Claudia Schroeder*
Rabiscos no pensamento · *Helena Hofmeister Martins-Costa*
Poemas famintos · *Valmor Bordin*

Para consultar nosso catálogo completo e obter mais informações sobre os títulos, acesse www.dublinense.com.br.

dublinense

Este livro foi composto em fontes Arno Pro e Frutiger e impresso na gráfica Pallotti, em papel pólen bold 90g, em abril de 2011.